신조선전기 9권

초판1쇄 펴냄 | 2019년 04월 18일

지은이 | 다물
발행인 | 성열관

펴낸곳 | 어울림 출판사
출판등록 / 2009년 1월 23일 제 2015-000062호
주소 / 경기도 고양시 일산동구 무궁화로 43-55, 801호 (장항동, 성우사카르타워)
TEL / 031-919-0122
FAX / 031-919-0127
E-mail / 5ullim@hanmail.net

값 8,000원

ISBN 978-89-992-5587-8 (04810)
ISBN 978-89-992-4794-1 (SET)

OULIM FANTASY BOOK

9

ㅏ물 역사판타지 장편소설

신조선 전기

어울림

신조선 新 전기

목차

본 소설은 허구입니다. 실제적 역사나 사실과 다를 수 있습니다.

신조선책기

역린을 건드리다

"미국이 선전포고를 했다고?"

"예. 폐하."

"놈들의 상선이 격침당했기에 우리에게 선전포고를 한 것인가?"

"그것도 포함되지만 다른 것도 있습니다."

"어떤 것을 말인가?"

"미국의 참전이 이뤄지면 멕시코에게 공격해 달라는 내용이 쓰인 전보를 영국이 가로챘습니다. 아무래도 그것이 원인이 된 것 같습니다. 미국 국내에 공개되었고 국민들이 참전을 요구했습니다."

"산 넘어 산이군!"

"죄송합니다. 폐하."

"빌어먹을……."

독일 수상인 베트만홀베크가 '카이저'라 불리는 황제의 칭호를 가진 사람을 알현했다.

그로부터 보고를 받은 카이저 '빌헬름 2세'가 속쓰림을 느꼈다.

잔뜩 찌푸려진 얼굴을 하고 평온한 베를린의 하늘을 창을 통해서 바라봤다.

전선이었다면 포연으로 채워졌을 것이라고 생각했다.

애써 키운 해군으로 영국에게 도전했지만 유틀란트 해역에서 모든 전함들을 잃은 상태였다.

해양 봉쇄를 당하면서 반격하기 위해 발버둥을 쳤고, 그래서 택한 것이 'U보트'라 불리는 잠수함으로 협상국 함대와 상선을 공격하는 것이었다.

2년 전에 잠수함 작전을 벌이다가 한 여객선을 격침시키고 거기에 타고 있던 미국 국민들을 죽였다.

그때 미국 정부에 사과를 표하고 다시는 그런 일을 벌이지 않겠다고 했지만, 결국 최악의 전황을 극복하기 위해 불가피한 결정을 내릴 수밖에 없었다.

다시 잠수함 작전을 벌였다.

그 대상은 독일에서 출항한 U보트가 닿을 수 있는 해역의 모든 배들이었다.

그리고 미국 상선이 격침됐다.

미국의 영토인 '뉴멕시코, 텍사스, 애리조나'를 양도하

는 골자로 멕시코에게 미국 참전 시 동맹국 편에 서달라는 암호 문서를 보냈다.

그리고 그것이 탈취되면서 미국의 모든 국민이 크게 분노했다.

독일을 응징하라는 요구가 전해지고 결국 미국의 선전포고가 이뤄졌다.

미국의 참전이 결정 되면서 그 나라와 함께하는 또 한 나라의 움직임이 중요했다.

빌헬름 2세가 베트만홀베크에게 물었다.

"고려는 어떻게 나올 것 같나?"

베트만홀베크가 대답했다.

"최소한 미국을 지원할 것입니다."

"고려의 전차가 획기적인 병기던데, 만약 그들이 참전했을 때 막을 수 있는 가능성은?"

"러시아군을 상대로 보여준 고려군의 전력이면 현재 우리 대신 협상국을 상대로 싸워도 밀리지 않을 겁니다. 오히려 압도할 수 있습니다."

"고려의 참전이 이뤄지면 우리에겐 재앙이겠군."

"예. 폐하……."

"참전을 막을 수 있는 방법을 찾아야 하네. 혹시라도 방법이 있는가?"

세상에 드러난 조선군의 전력이 막강했다.

미국의 참전이 알려진 상태에서 조선의 참전만큼은 반드시 막아야 했다.

빌헬름 2세가 베트만홀베크에게 물었고 베트만홀베크는 몇 초 동안 침묵하다가 힘들게 입을 떼면서 대답했다.

"있습니다."

"그 방법이 무엇인가?"

"그것은……."

조선의 참전을 막을 수 있는 유일한 수단을 말했다.

그 대답을 듣고 빌헬름 2세가 기대감을 나타냈다.

베트만홀베크가 말한 방법만이 유일하다고 생각했다.

"경이 말한 대로 조치를 내리게."

"예. 폐하."

카이저의 명령으로 독일군이 움직이기 시작했다.

조선에 미국의 공동 선전포고 요청이 들어왔다.

특무대신인 장성호와 부총리인 이범진, 외부대신인 민영환이 함께 협길당에서 이희를 만났다.

보고를 받고 이희가 세 사람에게 물었다.

"정부 회의에서 대신들은 어떤 의견을 냈나?"

이범진이 대답했다.

"선전포고를 해야 된다는 쪽과 하면 안 된다는 쪽으로 나뉘었습니다. 아직 완전히 결정 된 상황은 아닙니다."

"된다고 하는 쪽의 이유는?"

"미리견이 우릴 많이 도와줬기에 이제는 미리견을 도와야 한다는 이유입니다. 무엇보다 선전포고를 하게 되면 전황이 유리한 협상국 편에 서게 됩니다. 또한 종전이 이뤄졌을 때 영길리와 불란서를 상대로 외교력을 발휘할 수 있습니다."

"외부 쪽에서 목소리를 높였겠군."

"예. 폐하. 하오나 반대하는 이유도 타당했기에 함부로 결정지을 수 없었습니다."

"반대의 이유는?"

"아직 독일에 우리 백성들이 남아 있기 때문입니다. 선전포고가 이뤄지면 백성들의 안전에 문제가 생깁니다. 최악의 경우 보복으로 독일 정부에 의해 처형당할 수도 있습니다."

백성들의 안전이 걸리자 이희의 얼굴이 어두워지면서 근심이 새겨졌다.

고민하다가 장성호에게 물었다.

"특무대신은 어찌 생각하는가?"

그리고 대답을 들었다.

"선전포고에 대해서 찬성합니다. 하지만 반대하는 의견에도 찬성합니다. 이 문제는 시간적인 문제가 걸려 있습니다."

"그것이 무슨 뜻인가?"

"순서가 정해져 있다는 뜻입니다. 선전포고를 하되, 그 전에 독일에 머물고 있는 백성들부터 철수시켜야 합니다. 철수 전에 선전포고가 이뤄지면 독일이 우리 백성들을 해할 것입니다."

대답을 듣고 이희가 다시 물었다.

“미리견이 그것을 기다려 주겠는가?”

“장담할 수 없습니다. 하지만 백성이 달린 일입니다. 우의를 도모하고 전승국에 참여해서 우리의 목소리를 높일 필요도 있지만 백성의 안전보다 중요한 것은 없습니다. 하지만 신은 폐하의 처결을 따를 것입니다.”

“아니. 경의 말이 맞다. 백성이 우선이다. 미리견에게 우리 백성들부터 철수시키겠다고 전하라. 그리고 선전포고 전까지 군수품으로 지원하겠다. 이에 대해서는 어찌 생각하는가?”

“미리견의 반감을 낮출 수 있는 일이라고 여겨집니다.”

“우리의 사정을 설명하고 지원을 하겠다고 미 공사에게 전하라.”

“황명을 받들겠습니다. 폐하.”

이범진과 민영환에게 따로 물어볼 것도 없었다.

만약 이희의 생각을 반대하거나 나은 의견이 있었다면 먼저 입을 열었을 것이 분명했다.

장성호가 조언하고 이희가 내린 결정이 유일한 길이라고 판단했다.

공사인 알렌에게 외부의 공문이 전해졌다.

“배은망덕한 놈들. 우리가 조선이 힘들 때 그리 도와줬건만, 이렇게 배신한다니.”

“조선이 이런 나라인 줄 몰랐습니다.”

“이놈들이 더 강해지면 영국이나 프랑스보다 더한 제국주의 나라가 될 거야. 벌써부터 이딴 행동을 벌이다니. 그

동안 작은 호감이라도 생겼는데 그것조차도 지워져 버렸어. 국무부에 어떻게 보고하나 보라지. 비겁한 놈들.”

선전포고를 미루는 조선의 모습에 알렌이 분개했다.

조선말로 욕설을 뱉으면서 분을 풀었고 국무부에 사실을 전하되 어감 차이로 험악하게 보고해서 반발을 일으켰다.

그 분위기가 미국 기업인들을 통해서 성한에게 전해졌다.

통신기 교신으로 장성호가 미국의 분위기를 읽었다.

성한이 누가 일으킨 일인지를 알려줬다.

“알렌이 국무부에 보고할 때 우리가 먹고 튀었다는 식으로 보고한 것 같습니다. 그렇지 않고선 미 정계가 시끄러울 수 없습니다.”

—정말 고약한 놈입니다. 조선인이었다면 벌써 잘랐을 겁니다. 미국 공관원이라는 것이 한입니다.

“미국 정부에서는 평가가 좋습니다.”

—이완용 같은 자입니다. 처세술이 그렇게나 좋다니…….

“뭣하면 제가 힘써 보겠습니다.”

—가능하겠습니까?

“뉴월드타임스를 통해서 여론전을 벌인다면 조선에 대한 미국인의 반감을 줄일 수 있습니다. 절 위한 일이기도 하고요.”

—부탁드립니다!

“신문이 발행되고 사람들의 반응을 살핀 뒤에 알려드리

겠습니다.”

—알겠습니다.

생각지 못한 일을 치러야 한다는 생각에 실소가 터졌다.

교신을 끝내고 성한이 고개를 절레절레 흔들었다.

그리고 전화 수화기를 들었다.

벽에 걸려 있던 큰 전화기는 어느새 몇 배로 작아져서 성한의 책상 위에 올려졌다.

수화기를 들고 뉴월드타임스로 연락했다.

뉴월드타임스에 조선은 절대 배신하지 않을 것이라는 것을 전하고 독일에 백성들이 있기에 선전포고를 미루는 대신 군수 지원을 벌이기로 한 것을 시민들에게 알려야 된다고 말했다.

그것을 통해 불필요한 악감정을 지워야 한다고 말했다.

뉴월드타임스의 사장이 성한의 이야기를 듣고 대답했다.

—알겠습니다. 존스씨.

이내 기사를 통해서 사람들의 마음을 움직이겠다고 말했다.

성한이 뉴월드타임스의 대주주인데다 사장인 켄트는 누구보다 양심적인 언론인이었다.

성한이 수화기를 내리고 한숨을 쉬었다.

방에 지연이 들어오면서 성한에게 물었다.

“무슨 일이 있어?”

성한이 고개를 가로저었다.

"아니, 있었지만 해결됐어. 혹시 아까 전에 집에 온 거야?"

"방금 왔어."

"수술은 잘 끝났고?"

"응. 체력이 바닥나서 이틀 정도 쉬려고. 근데 쉬고 싶어도 쉴 수 없을 것 같아."

"무슨 뜻이야?"

"나… 군의관으로 차출됐어… 집에 편지가 와 있어……."

지연이 하는 말이 무슨 말인가 했다.

들었던 말이 쉽게 믿어지지가 않아서 확인을 위해 지연에게 물었다.

"지…진짜?"

"그래."

미국 정부의 인장이 새겨진 편지와 뜯어진 봉투를 지연이 들어서 성한에게 보여줬다.

그리고 성한이 편지를 받아 안에 쓰여 있는 내용을 확인했다.

편지 안에 지연이 군에 차출됐다는 내용과 임시로 중령 계급을 받아 소령 계급의 군 조교수와 대위 계급의 전문의 군의관을 통솔한다는 내용이 쓰여 있었다.

그리고 정부 명령이기에 절대 거부할 수 없다고 되어 있었다.

거부할 경우 처벌이 따를 수밖에 없었다.

편지를 모두 읽은 성한이 한숨을 쉬었다.

지연이 웃으면서 성한의 어깨를 두드렸다.

"중령이라잖아. 그 정도면 높은 계급 아냐?"

"계급이 뭔 상관이야. 지금 군인으로 차출된 거잖아. 전시에 군인이면 어디에 있겠어?"

"그야 전쟁터지."

"그걸 아는데 그렇게 말해? 이건 잘못된 거야. 네가 아니라 차라리 내가……."

흥분해서 말하는 성한을 지연이 끌어안았다.

그녀의 행동에 성한은 더 이상 말을 잇질 못했다.

지연이 성한을 안고 차분하게 말했다.

"알아, 네 마음… 내가 위험한 곳에 간다고 하면 네가 대신 가려고 할 거야… 물론 네가 위험한 곳에 간다면 나도 마찬가지고…"

"애들에겐 우리가 필요해."

"그것도 알아… 하지만 그렇다고 안 갈 수도 없어. 그랬다간 우리 아이들이 어떤 불이익을 당하려고."

"……"

"자기가 있으니까. 믿고 애들을 맡기고 가는 거야. 가서 사람들을 살릴게. 그게 내가 해야 되는 일이니까. 난 의사잖아. 환자가 있는 곳이 내가 있어야 할 곳이야."

"……"

"미안해."

성한이 지연의 머리를 감싸 안으면서 말했다.

"네가 왜 미안해. 널 차출한 미국 정부가 미안해야지. 어쨌든 조심히 다녀와."

"그럴게."

입맞춤을 하고 몸에서 느껴지는 서로의 온기를 기억하고자 했다.

정호가 아버지와 어머니를 찾다가 아버지의 집무실에서 두 사람이 끌어안고 있는 것을 보게 됐다.

그때 여동생인 혜민이 오빠의 팔을 잡고 당겼다.

"나와, 오빠. 방해하지 말고."

"응."

대게 둘째는 첫째보다 눈치가 빨랐다.

미국이 선전포고를 하고 유럽에 군대를 보낼 준비를 하는 동안, 조선에도 신문이 뿌려지면서 미국이 독일을 상대로 선전포고한 사실이 전해졌다.

백성들이 신문을 읽으면서 자신들의 생각을 나타냈다.

"미리견이 독일에 선전포고했다는데?"

"독일이 그리 난장을 벌였으니 미국이 가만히 있을 리가 없지."

"미리견이 선전포고했으면 우린 어떻게 되는 거야? 도와줘야 하나?"

"일단은 그래야 되지 않을까? 우리가 일본과 아라사를 상대로 싸울 때도 미국이 우릴 도와줬어. 우리도 당연히 선전포고해야 돼."

"그런데 독일에 우리 백성들이 있어. 선전포고를 하면

그 양반들이 위험해 처해질 거야. 나는 조금 기다려야 된다고 봐.”

“듣고 보니 그렇군.”

“다시 전쟁을 치르는 건데 신중히 결정해야 돼.”

“자네 말이 맞아.”

미국을 도와 선전포고를 해야 되는지에 대해 의견이 분분했다.

그러나 만민이 하나 되는 뜻을 나타냈으니 그것은 독일에 남아 있는 백성들을 걱정하는 것이었다.

최현식 역시 그에 대해 걱정했다.

미국의 선전포고 사실을 듣고 조정의 결정이 떨어지기를 기다렸다.

그리고 얼마 지나지 않아 어떻게 조치를 취할 것인지를 들었다.

최현식은 민영환이 직접 걸어온 전화를 받았다.

“우리 직원들을 철수시킬 것이란 말입니까?”

—그렇소. 이제, 직원들의 의사와 관계없이 철수가 이뤄질 것이오. 그렇게 알고 있길 원하오.

침묵하다가 조심스럽게 물었다.

“혹시, 독일을 상대로 선전포고가 이뤄지는 것입니까?”

그리고 대답을 들었다.

—알려줄 수 없소. 하지만 중요한 것은 독일은 반드시 패할 것이라는 거요. 그것이 무엇을 뜻하는 것인지 알 거라고 생각하오. 더 위험해지기 전에 철수시키고자 함이오.

"그러면… 부탁드립니다. 외부대신."

—최선을 다하겠소.

만약의 사태를 대비해서 독일에 남아 있는 백성들을 피신시키겠다는 이야기를 들었다.

전화를 끊자 아버지인 최만희가 현식에게 물었다.

"외부대신이냐?"

"예. 아버지."

"보아하니 이제 정말로 철수가 이뤄지는 모양이군. 무사히 돌아왔으면 좋겠구나. 한명도 빠짐없이 무사히 돌아와서 식구들을 볼 수 있었으면 좋겠다."

"소자도 그리되길 원합니다."

모든 사람이 독일에 남아 있는 사람들의 무사귀환을 원했다.

조정의 조치가 독일에 주재하고 있는 조선 공사관으로 전해졌다.

지시를 받은 조선 관원들이 분주해졌다.

"어서 백성들을 피신시켜야 해."

"곧 독일이 전장이 될 거야. 이제는 정말로 피신해야 될 때야."

그들이 독일에 위치한 금성차 공장으로 향했다.

그리고 그곳에서 일하는 조선인 직원들을 만나고 조정에서 내려진 조치를 알려줬다.

황명과 다를 바 없는 조치를 전해 받고 지사장의 눈동자가 떨렸다.

"철수라고요?"
"그렇소."
"정말로 황명입니까?"
"그렇소. 그러니 이제는 가야 하오. 더 이상 위험한 곳에 이리 머무를 수 없소. 폐하의 근심을 부디 덜어주시오."
관원의 알림을 듣고 지사장이 한숨을 쉬었다. 지사장의 이름은 안성태였다.
그가 뒤를 돌아보면서 조선인 직원들과 독일인 직원들을 살폈다.
그리고 이를 깨물었다.
그의 마음을 알고 독일 직원들 중 지위가 가장 높은 이가 앞으로 나왔다. 그는 벤츠였다.
"지사장님."
"기술이사……."
"저희들을 위해서 여태껏 남아주신 것을 알고 있습니다. 그동안 정말 최선을 다해주셨고, 저희는 고려인이 다른 나라 사람이 아닌 형제처럼 느껴집니다. 지금 지사장님께서 고려로 가신다고 해도 그 마음이 변하지 않습니다. 오히려 마지막까지 이곳에 남으셔서 저희들과 함께 하고자 하셨던 것을 알릴 겁니다. 그러니 무사히 돌아가십시오. 돌아가셔서 기다리고 있는 가족을 보길 원합니다."
"벤츠 기술이사……."
"그동안 감사했습니다."
조선식대로 허리를 굽혀서 인사했다.

벤츠를 비롯한 독일인 직원들이 일제히 허리를 굽히며 안성태에게 감사의 뜻을 전했다.

그들 앞에서 조선인 지사장이 무릎을 꿇었다.

"정말 미안하네… 참으로 미안하네… 전쟁이 끝나면… 꼭 다시 만나세……."

"예… 지사장님……."

서로의 손을 잡고 부둥켜안으면서 전우애를 다졌다.

비록 전장에 있지 않았지만 함께 싸워왔던 것이나 다를 바 없었다.

모든 직원이 서로를 끌어안고 어깨를 두드렸다.

세상이 주는 두려움과 공포에 신의를 가지고 용기로 맞서 싸웠다.

그리고 이제 최선을 위해 잠깐의 작별을 고하기로 했다.

안성태가 일어나서 조선인 직원들을 챙겼다.

"가세."

그때 공장 문이 덜컹하면서 열렸다.

열린 문 밖에서 소총으로 무장한 군인들이 들어왔다.

군인들을 본 모든 직원들과 공관원들이 크게 놀랐다.

그들은 독일군이었다. 병사들을 지휘하는 대령 계급의 장교가 크게 외쳤다.

"체포해라!"

"예!"

독일군에게 붙들린 조선인 직원들이 겁에 질렸다.

"왜, 왜 이러는 거요?! 어째서 이러시오!"

"가만히 있어!"
"우린 아무 죄가 없소!"
퍽!
"크윽……!"
직원들을 지키려던 지사장이 몸부림치다가 개머리판에 맞았다.
두려움에 빠지기는 독일인 직원들도 마찬가지였다.
동료를 구하기 위해서 누구도 나설 수 없었다.
그때 벤츠가 앞으로 나와서 지휘관에게 물었다.
"혹시, 고려가 우릴 상대로 선전포고했습니까?"
"……."
"아니면……."
"알 거 없소. 그리고 알려고도 하지 마시오. 그저 우리 독일을 위한 일이니까. 독일이라면 당연히 나라와 카이저 폐하를 위해서 충성을 바쳐야 할 것이오. 직원들에게 지금 본 것을 잊으라 전하시오."
지휘관의 얼굴에 비장한 결의가 새겨져 있었다.
그것을 보고 벤츠는 더욱 높은 지휘관이 지시한 일이라고 생각했다.
뭔가 큰일이 일어날 것 같았다.
군인들이 조선인들을 끌고 갈 때 지사장과 벤츠의 시선이 마주쳤다.
'벤츠 이사……!'
"……!"

끌려가는 지사장과 조선인 직원들을 보면서 아무 것도 할 수 없었다.

그들을 구하기 위해 뭔가 해야 한다는 생각이 들었다.

그때 중령 계급을 지닌 부지휘관이 눈에 보였다.

그가 지휘관을 대신해서 병사들을 통제하고 있었다.

"공장을 수색해!"

"예!"

벤츠가 눈치를 살피고 슬쩍 다가갔다.

그는 벤츠에게 어느 정도 연이 있는 인물이었다.

"자네……."

"……?"

"자네 어머니가 병들었을 때 내가 치료비를 대줬던 것을 기억하나?"

"……."

벤츠가 옛 일을 기억하는지 묻자 부지휘관이 고개를 끄덕였다.

"예… 기억합니다……."

그리고 벤츠가 그에게 부탁했다.

"따로 내게 해줄 것은 없네… 그저 체포당한 조선인들이 어디로 끌려갔는지를 알려주게. 그리 해주면 따로 보상하겠네."

벤츠의 부탁에 부지휘관의 눈동자가 떨렸다.

그의 가슴에 자리 잡은 양심이 꿈틀대면서 그의 행동을 이끌었다.

그로부터 며칠 지나지 않아서였다.

금성차 본사 사장실에서 전화벨 소리가 울려 퍼졌다.

전화를 받은 최현식의 표정이 어두웠다.

"정말입니까?"

—그렇소.

"그러면 이제 어떻게 되는 겁니까?"

—조정에서 직원들을 구할 방법을 찾고 실행에 옮길 것이오. 거기에 대해서는 어느 누구에게도 알려줄 수 없소. 이를 이해해 주시오. 다른 사람들에게는 지금의 통화 내용을 알리지 말길 바라오.

"알겠습니다……."

—좋은 소식으로, 다시 전화를 드리겠소.

"예. 대감."

전화가 끊어지자 현식이 한숨을 크게 쉬었다.

비서가 현식에게 직원들에 대해서 물었다.

"철수 중이라고 합니까?"

현식이 알려줬다.

"그런 것 같아. 그런데 조금 시간이 걸릴 것 같네. 안전히 보호되면 다시 알려줄 것이네."

혼란을 막기 위해 진실을 조금 가렸다.

* * *

조정에서는 독일에 억류된 직원들을 구하기 위해 수를

찾기 시작했다.

독일 공사관에서 조선 외부로 전해진 공문이 있었다.

그것은 절대 협상국 편을 들어서는 안 된다는 협박문이었다.

공문을 확인한 이희가 분노를 터트렸다.

"감히! 짐의 백성들을 인질로 삼다니! 단언컨대 짐의 백성들을 구하면 이 일을 공개해서 독일의 만행을 알릴 것이다! 또한 독일의 카이저를 반드시 황위에서 끌어 내릴 것이다! 경들은 짐의 뜻을 따르라!"

"예! 폐하!"

"괘씸한 놈!"

모두가 험악한 표정이었다.

협길당에서 노성을 터트리고 분노를 분출시키고 나서야 화가 진정되었다.

머리를 차갑게 하고 직원들과 공관원들을 구할 방도를 찾기 시작했다.

이희가 장성호에게 물었다.

"특무대신."

"예. 폐하."

"정보국에 들어온 첩보는 없는가? 백성들이 있는 곳을 알아야겠다."

하문을 받고 장성호가 대답했다.

"안 그래도 들어온 첩보가 있습니다."

"어떤 첩보인가?"

"폐하의 백성들이 수용된 곳에 관해서입니다. 독일에 우리에게 우호적인 국민들이 있사온데, 그들이 직원들과 공관원들이 끌려간 곳을 알려줬습니다. 독일 남쪽의 뮌헨이라는 도시에 수용되고 있다 합니다."

"뮌헨이라는 도시가 큰 도시인가?"

"예, 폐하. 때문에 추가적인 정보를 모으고자 합니다. 하지만 오래 걸리지 않을 겁니다. 정보국의 첩보 역량을 쏟아 붓고 있습니다. 조만간 상세한 위치를 파악하게 될 겁니다."

보고를 듣고 이희가 고개를 끄덕였다.

그때 협길당으로 정보국 관리가 들어와서 장성호에게 보고했다.

보고를 들은 장성호가 이희에게 알렸다.

"위치를 알아냈다 합니다."

"그대로 뮌헨인가?"

"예. 폐하. 뮌헨 남쪽에 고성이 있사온데 그곳에 직원들과 공관원들이 수용되어 있다 합니다. 더해서 미국인들도 있다고 합니다."

"포드모터스의 직원들인가?"

"그런 것 같습니다."

"그러면 지금부터 백성들을 어떻게 구해야 할지를 생각해야 하는군! 특임대를 투입시킬 것인가?"

"예. 폐하. 하오나 특임대만으로는 구출이 불가합니다."

"어째서 그러한가?"

“뮌헨은 독일 내륙 깊숙한 곳에 위치해 있는 도시입니다. 그리고 오스트리아헝가리 제국과도 가까운 곳입니다. 실로 동맹국의 중심이기에 신병은 확보할 수 있사오나 호송하기가 매우 어렵습니다. 때문에 사단 이상의 부대가 함께 움직여야 됩니다.”

대답을 듣고 성혁에게 이희의 시선이 옮겨졌다.

군부대신인 성혁이 직원과 관원들을 구하기 위한 최선의 작전을 말했다.

이미 군부에서 회의를 치른 뒤였다.

“불란서에 1군단과 2개 전투비행단을 파견하셔야 됩니다. 이때 전차와 장갑차를 비롯한 각종 장비들은 천으로 형태를 가려서 우리 군의 파병을 숨겨야 합니다. 뮌헨이 우리 목표란 게 알려질 경우, 적은 우리 백성들을 다른 곳에 수용시킬 겁니다.”

“보병은 어떻게 하는가?”

“인부로 꾸밀 것입니다. 혹은 의료지원으로 꾸밀 수도 있습니다. 불란서에 1군단이 파병되면 프랑스 남동부 전선에 배치될 것입니다. 그리고 독일의 알자스로렌과 슈투트가르트를 향해 기습 진격을 벌일 겁니다. 그곳에서 뮌헨에서 빠져 나온 특임대와 합류하고 구출된 직원과 관원들을 구할 것입니다. 공군은 항공 지원을 벌일 겁니다.”

이희가 이해했고 장성호가 추가로 말했다.

“작전 간에 불란서의 협조가 필수입니다. 그리고 끝날 때까지 비밀이 유지되어야 합니다. 더해서 적의 시선을 돌리도록 만들기 위해 기만전이 필요합니다.”

“어떻게 말인가?”

“뉴욕에 주둔하고 있는 1전단에 출항명령을 내리시고 독일 북쪽 해역에 진출시키셔야 합니다. 그렇게 하시면 독일은 아마도 해상을 통한 우리 군의 구출을 생각하게 될 겁니다. 북쪽으로 적 병력이 집중되도록 만드셔야 합니다. 이 모든 것이 이뤄지면 충분히 백성들을 구할 수 있습니다. 더해서 미국인들도 함께 구할 수 있습니다.”

준비된 작전을 듣고 이희가 확신했다.

묵직한 음성으로 군부에서 계획 된 작전을 승인했다.

“외부를 통해 불란서 공사가 답변을 전하면 작전을 실행토록 하라. 짐이 모든 것을 책임질 것이다.”

“황명을 받들겠습니다. 폐하.”

독일이 억류한 직원들을 구하기 위해 군사작전을 벌이기로 결정했다.

협길당에서 장성호와 유성혁이 나오면서 이야기했다.

장성호가 유성혁에게 물었다.

“이번에도 특임대장이 나서게 되는가?”

성혁이 고개를 가로저었다.

“이제는 특임대장도 지휘관의 위치에 서야 합니다. 처음부터 사단장이 되었다면 이장군처럼 군 사령관이 되었어야 합니다. 단지 특임대라는 특수함 때문에 직접 작전에 나서고 임무를 수행하고 있었습니다. 그러나 이제는 새로 양성된 대원들에게 짐을 넘겨줘야 합니다. 그래야 조선의

후대가 이어질 수 있습니다."

과거에 온지 20년 넘는 시간이 지났다.

천군이 직접 조선을 수호했던 시대를 지나고 있었다.

새로운 천군이 조선과 만백성을 지키려고 했다.

독일에 억류된 백성들을 구하라는 명령이 특임대에 떨어졌다.

특임대에 새로 양성된 대원들이 있었다.

그들 모두는 생사의 경계를 넘어서는 훈련을 받고 보통의 장병들과 전혀 다른 눈빛을 보이고 있었다.

살기등등했고 당당했으며, 자신들이 특임대 대원이라는 것에 자부심을 가지고 있었다.

그들 중에 북경에서 원세개를 인질로 삼았던 중화제국의 대신들을 처단했던 젊은 대원도 있었다.

명찰에 '나석주'라는 이름이 새겨져 있었다.

그러나 그 명찰은 곧 이름이 지워질 명찰이었다.

작은 단상 앞에 모인 대원들이 미리 들었던 소식에 관해서 이야기했다.

독일이 조선인들을 억류한 사실을 알고 있었다.

"미친 거지. 우리 백성들을 인질로 삼다니."

"미리견은 적국이 되었으니 그렇다 쳐. 우린 대체 무슨 죄야?"

"우리가 미국 편을 들까봐 일을 저지른 것이지. 절대 놈들을 가만두면 안 돼."

"우리가 가서 백성들을 구해야 돼. 반드시 말이야. 그리고 독일 놈들을 모조리 죽여야 해."

"그래 맞아."

분노가 전의로 승화되고 있었다.

오와 열을 맞춘 대원들이 이야기하고 있을 때 그들의 총지휘관인 우종현이 교관이었던 옛 대원들과 함께 단상 위에 올라섰다.

옛 대원 중 한 사람인 승현이 크게 외쳤다.

"동작 그만! 부대 차렷!"

구령에 모든 대원들이 차렷 자세를 취했다. 그 모습이 군기 엄정했다.

단상 위에 오른 종현이 새로운 대원들을 보면서 만족감을 나타냈다. 누구든지 임무에 투입되면 목숨을 걸고 끝까지 수행할 것 같았다.

승현이 보고자로 경례하자 종현이 받아줬다.

종현은 크게 심호흡한 뒤 대원들에게 소리쳤다.

그들에게 떨어진 명령을 큰 소리로 알려줬다.

"이미 들었을 것이라고 본다! 그렇다! 독일이 우리의 참전이 두려워서 우리 백성들을 억류했다! 놈들은 정말 큰 실수를 했고, 우리는 놈들이 쌓아올린 모든 것을 부수고 백성들을 구할 것이다! 유럽으로 향할 준비를 하라! 이상!"

승현이 다시 구령을 붙였다.

"열중쉬어! 쉬어! 편히 쉬어!"

"와아아앗!"

"유럽으로 간다! 우리가 백성들을 구하는 거야!"

"크하하하!"

백성들을 구하고 유럽에 특임대의 힘을 보여줄 것이라는 생각에 대원들이 열광했다. 나석주 또한 동료들의 어깨와 등을 두드리면서 기뻐했다.

그때 대원들의 손에 종이쪽지 한장씩이 들렸다.

안에는 이상한 단어들이 하나씩 쓰여 있었다.

그 단어를 본 대원들은 의아함과 의문을 나타냈다.

종현 대신 단상 위에 오른 승현이 크게 외쳤다.

"종이에 쓰여 있는 것은 너희들의 암호명이다! 너희들이 가진 전투력은 실로 한 나라의 미래를 바꿀 수 있는 것이기에 신원을 숨기기 위해서라도 앞으로 부대 안에서만큼은 암호명으로 서로를 불러야 한다! 이해했나?!"

"예! 부대장님!"

"전출이 이뤄지기 전에 직책은 있어도 계급은 없다! 수송함에 오르기 전에 암호명을 암기하라! 이상!"

적에게 신원이 알려져선 안 됐다.

그 이유를 이해한 대원들은 자신들의 암호명을 기억하고 서로를 부르면서 외우기 시작했다.

나석주에게 한 대원이 암호명을 물었다.

"자네 암호명이 뭔가?"

"비누입니다."

"비누?"

"예……."

"이상한 암호명이로군. 난 가격일세."

뭔가 익숙한 암호명이었다. 그러나 이상한 암호명이었다. 이제는 계급을 쓰지 않지만 나석주보다 계급이 높은 대원이었다.

그의 이름은 김상옥이었으나 나석주와 함께 자신들의 신분을 암호명으로 지웠다.

그날 밤 유럽으로 향하기 위한 군장을 싸고 개인화기를 챙겼다. 특임대를 위해 새로 개발된 총열 부품을 받은 대원들이 소중히 챙겼다.

부품은 총구에 장착할 수 있었다.

"이걸 소총과 기관단총 끝에 장착하면 어디에서 발포가 이뤄졌는지도 몰라. 놈들이 우릴 막으면 귀신도 모르게 뒈질 거야."

김상옥과 대원들이 은밀히 적을 사살할 것이라고 자신했다.

그들의 모습을 종현과 승현이 지켜봤다.

두 사람은 몇몇 대원들에 대해 처음부터 알고 있었다.

역사에 기록이 남겨진 영웅들이 있었다.

"김상옥과 나석주라……."

"사이토 총독 암살 시도와 동양척식회사 폭탄 투척을 벌인 지사들입니다. 이렇게 특임대 대원들이 된 것을 보니 감회가 새롭습니다."

"기질이 어디로 가지 않은 것이지. 나라를 되찾기 위한 것이 아니라 지키기 위해서 쓰일 수 있다는 게 참으로 고

마운 일이야. 우리에겐 그 기회조차 없었지만……."
"지금은 조선이 우리들에게 고국입니다."
"그래……."
미래에서 온 대원들 중에 많은 대원들이 조선에서 이성을 만나고 결혼했다.
그리고 아이들을 가진 대원들도 상당했다.
가족을 지키고 전우와 전우의 자녀를 지키는 것이 자신들의 임무였다.
그것이 곧 조선과 백성을 지키는 일이었다.
며칠 뒤 특임대 대원들은 화물선을 타고 유럽으로 향했다. 태평양를 가로지른 항공모함 전단이 수개월의 항해 끝에 뉴욕항에 이르렀다.

* * *

"저게 뭐야?"
"엄청 큰 배야!"
"설마 전함인가? 영국의 드레드노트야?!"
"큰 함포가 있어야 하는데 드레드노트일 리가 있겠어?! 그리고 고려 국기야! 고려 군함이라고! 저리 큰 배를 고려가 가지고 있을 줄은 몰랐어!"
"저렇게 큰 배를 고려가 보유하고 있었다니! 맙소사!"
강변과 해안에 모여든 사람들이 감탄했다.
그들이 보는 앞에서 3척의 큰 배가 들어오고 있었다.

미리 자리를 잡은 신문기자들이 사진기로 사진을 찍기 시작했다.

뉴욕항에 항공모함이라 불리는 새로운 군함이 입항하고 있었다.

태극기를 단 3척의 항공모함이 예인선의 인도를 받아 1전단이 정박하고 있는 부두로 와서 반대편에 정박해 계류줄을 내렸다.

부두에 미리 해군 장병들이 나와 있었다.

“나오는군.”

현문이 열리고 부두로 이어진 다리에서 지휘관이 모습을 드러냈다.

하얀 제복을 입은 허윤이 충무공이순신함에서 천천히 내려왔다.

그리고 부두에서 기다리고 있는 이강을 만나 경례했다.

계급은 같았지만 왕이자 황자로서의 권위가 이강에게 있었다. 서로에게 경례하고 악수했다.

“허제독이 오길 기다렸소.”

“오랜만에 뵙겠습니다. 전하.”

“오는 동안에 고생하지 않았소?”

“크게 고생하는 일은 없었습니다만 굳이 말씀드린다면 파나마 운하를 지날 때 운하 폭이 좁아서 항해가 힘들었던 것 정도가 될 것 같습니다. 장병들도 무탈하게 태평양을 건넜습니다.”

“다행이오. 그리고 다시 함께 하게 되어서 참으로 영광

이오. 지난날에 제독이 전장에서 일궜던 전공을 기억하오."

"전하께서 나라와 백성을 지켜주신 것을 기억합니다. 저와 장병들이 더욱 큰 영광을 느낄 것입니다. 함께하게 되어서 기쁩니다. 하하하."

일본군 연합 함대를 상대로 함께 싸운 이후로 처음 만났다.

충무공이순심함이 항공모함으로 탄생되기 전에 허윤은 언제나 수면 아래에 있었고 이강은 해상에서 조선의 바다를 지켰다. 그리고 이역만리 너머에서 세계로 향한 백성들을 지키려고 했다.

기자들의 사진기가 하함하는 장병들에게 향했고 넓은 평갑판을 지닌 항공모함 상층부로 향했다.

뒤에서 서 있는 장병들의 감탄하는 소리가 들렸다.

"진짜, 크다."

"저 군함이 항공모함이라면서?"

"군함이 비행기를 띄우기 위한 비행장이 될 줄은 몰랐어."

1전단 장병들에게도 항공모함은 처음 목격되는 것이다.

엄청난 크기에 압도됐고 갑판 밖으로 빠져나와 있는 전투기 꼬리를 보고 이런저런 이야기를 했다.

다시 기자들의 사진기가 이강과 허윤에게로 향했다.

조선의 황자가 제독이라는 사실이 주목될 수밖에 없었다.

그때 두 사람이 주미 공사관으로부터 나온 관리의 이야기를 듣고 인상을 굳혔다.
독일 정부가 벌인 만행이 두 사람에게 전해졌다.
동시에 군부에서 떨어진 명령도 함께 전해졌다.
"억류된 백성을 구하는 작전을 벌인다고……?"
"예. 전하."
"독일이 어떻게 감히 죄 없는 우리 백성들을 구류할 수 있단 말인가? 이건, 전쟁을 선포한 것과 다름없다……!"
"조정에서도 그렇게 논의되고 있습니다. 하지만 먼저 백성들부터 구한다는 결정을 내렸습니다. 자세한 작전계획은 전하와 제독께 드린 종이봉투 안에 담겨 있습니다. 공사관에서는 이미 원본과 사본이 파기되어서 잃어버리시면 절대 안 됩니다."
"주의하지."
쓴웃음을 지으면서 이강이 허윤에게 말했다.
"다시 출항이오."
"예. 어차피 이런 순간이 한번은 올 것 같다는 생각이 들었습니다. 장병들에게 승함 명령을 내리겠습니다."
미리 그런 일이 생길 줄 알고 있었다는 말을 이강은 특별히 여기지 않았다.
허윤이 하함하던 장병들에게 다시 승함하라는 명령을 내렸고 이강도 1전단 장병들에게 출항 준비 명령을 내렸다.
보급이 완료되자마자 두 전단이 함께 뉴욕항에서 출항했다.

* * *

조선에 협박 공문을 전한 독일 정부에서 대답을 기다리고 있었다.

"아직 고려로부터 온 답변은 없는가?"

"없었습니다."

"답변이 없는 것이 희소식인가? 적어도 공동으로 선전 포고를 하지 않았으니 불행 중 다행인가? 삼국 공사관을 통해서 고려에 참전만 하지 않으면 인질을 무사히 보호하겠다고 전하라. 반드시 협상국에 가담하는 것을 막아야 한다."

조선의 참전을 막기 위해 수단과 방법을 가리지 않았다.

다시 조선에 인질을 억류하고 있다는 사실을 전하고 참전만 하지 않으면 무사히 보호하겠다는 듯을 전했다.

그 사이 독일의 전황은 불리함에서 백중세로 돌아섰다.

'U보트'라 불리는 잠수함이 영불해협과 대서양에서 활개 쳤다.

프랑스로 향하는 해상 보급로가 차단되었고 그로 인해 기세 좋았던 협상국의 전력도 크게 떨어지게 됐다.

동부 대서양에 수많은 U보트들이 수면 아래를 거닐고 있었다.

그중 한 척이 유럽으로 향하는 미국적 수송함과 영국의 순양함을 발견했다.

잠망경 손잡이를 쥔 함장이 수병들에게 말했다.

"수송선 하나, 영국 순양함 한 척이다. 가만히 두면 협상국 놈들에게 군수품이 전해질 테니 격침시킨다. 전원 전투 준비를 하라."

"예. 함장님."

"잠항 상태에서 놈들의 길목을 지킨다."

수심을 조금 더 낮추고 잠망경을 최대한 높여서 두 나라 함정들을 겨우 볼 수 있는 상태에서 주시했다.

침로 방향을 수정해 영국 순양함에게 함수를 맞추고 때를 기다렸다. 그리고 크게 외쳤다.

"어뢰 사출!"

함장의 명령에 함수 사출구에서 어뢰가 발사됐다.

덜컹하는 소리와 함께 어뢰의 스크류 소리가 들리며 순식간에 멀어졌다.

수면 아래를 꿰뚫는 폭음이 울려 퍼지기를 기다렸다.

이윽고 '쿵!'하는 소리와 함께 U보트를 감싼 바닷물이 크게 흔들렸다.

"어뢰 접촉 확인! 적 순양함 침몰 중! 이제 수송선을 격침시킨다!"

"예! 함장님!"

대전이 벌어지기 전에 건조되었던 순양함이었다.

때문에 장갑이 그리 두껍지 않았고 함저는 말할 필요도 없을 정도로 연약했다.

어뢰 일격으로 순양함이 격침됐다. 옆에서 항해하던 수

송선의 미군들은 어쩔 줄 모르면서 우왕좌왕했다.

U보트에서 발사된 어뢰에 의해 두쪽 난 수송선과 함께 심해로 가라앉았다.

불꽃과 검은 연기가 해상을 가득 채웠다가 지워졌다.

U보트는 잠시 머리를 올리고 해상의 공기를 함내로 밀어 넣었다.

함장이 직접 마스트의 견시에 올라 주변 해상을 살피기 시작했다.

그때 망망대해의 하늘을 나는 항공기를 발견했다.

'뭐야……?!'

부우우웅~!

"이런!"

갑작스런 항공기의 출현에 함장이 놀라서 몸을 낮추고 움찔했다.

U보트의 위를 근접해서 항공기가 지나갔다.

그 형태를 함장이 보고 알아차렸다.

유럽 비행대의 항공기와 형태가 완전히 달랐다.

'단엽기다! 미군인가 고려군인가?! 어떻게 이 바다에서 놈들이!'

드드드드득!

"우왁!"

선회하던 항공기가 U보트와 함장을 향해서 총격을 가했다.

놀란 함장이 다시 몸을 낮추고 도망치듯이 사다리를 타

고 내려가 마스트의 해치를 닫았다.

그리고 사령실로 향해 급히 명령을 내렸다.

"적 항공기다! 잠항하라!"

"예…옛!"

"빌어먹을!"

긴급 잠항 명령으로 U보트가 수심을 급히 낮추기 시작했다.

수면 위로 드러난 선체가 금세 아래로 가라앉았고 그나마 보이던 마스트도 이내 수면 아래로 자취를 감추었다. 그 위로 항공기가 다시 지나가면서 총격을 가했다.

수면에 꽂힌 총탄은 순식간에 힘을 잃고 거품과 함께 해저로 가라앉았다.

더 이상 U보트를 공격할 수 있는 것은 없을 것 같았다. 함내 기둥을 잡은 함장이 머리 위를 날던 항공기를 떠올리며 식은땀을 흘렸다.

그야말로 있을 수 없는 일이었다.

"여기서 육지까지 500km가 넘는데 어떻게 전투기가……."

그로부터 한시간 지나지 않았을 무렵이었다.

몇 기의 항공기가 수평선 너머에서 모습을 드러내면서 굉음을 퍼뜨렸다.

항공기는 해수면 가까이에서 낮게 날다가 속도를 떨어트리고 기체 하부에서 뭔가를 떨어트렸다.

U보트 장병들에게 익숙한 소리가 들렸다.

그런데 멀어져야 할 소리가 가까이로 다가오고 있었다.
점점 소리가 커지고 있었다.
"이런! 어뢰다! 함수 돌려!"
사령실에서 함장의 다급한 외침이 울려 퍼졌다.
그러나 그의 명령이 전해진 직후 U보트에 타고 있던 모든 장병들의 의식이 사라졌다.
폭발이 일어나면서 밀려들어온 바닷물이 U보트 장병들을 휩쓸었고 장병들은 정신을 잃고 그대로 익사했다.
깊은 해저 속으로 가라앉으면서 더 이상 고국으로 돌아갈 수 없는 존재가 되었다.
수면 위에서 물기둥이 치솟았다가 가라앉은 흔적이 남았다. 포말을 확인하고 부유물을 확인하면서 항공기들이 보고했다.
—적 잠수함 사냥했다고 통보.
'물수리'라고 이름이 지어진 해상전을 위한 특별한 전술기였다.
보라매와 마찬가지로 단엽 형태를 지니고 있었고 복좌식으로 전방에는 조종석이 후방에는 기총 사수가 앉는 형태였다. U보트를 사냥한 물수리가 보라매 전투기와 함께 충무공이순신함으로 돌아왔다.
전속 항진하는 항공모함 뒤에서 날아 들어와 세상의 어떤 항공기들보다 저돌적으로 갑판에 착륙하고 착륙활주로 끝에 설치된 철선에 기체 하부의 고리를 걸고 정지시켰다.

그 모습을 항공모함 전단과 함께 항해하는 1전단 장병들이 지켜보고 있었다.

단군함의 함교에서 탄성이 터져 나왔다.

"정말로 전투기들이 갑판 위에 앉았어!"

"수평선 너머의 독일의 잠수함을 잡았다고 하는데 사실이겠습니까?"

"당연하지! 설마하니 허위보고였겠어?! 하지만 눈으로 보질 않으니 어떻게 사냥한 건지 모르겠어!"

U보트를 격침 시켰다는 소식이 1전단에게도 전해졌다.

전투 과정이 어떻게 이뤄졌는지 모르는 상태에서 미리 항공모함의 쓰임새를 전해들은 이강이 장병들에게 말했다. 창문 앞에 서 있는 장병들과 참모장의 뒤에 서서 말했다.

"해상초계기라더군. 보라매가 하늘에서 격한 기동을 벌이며 적 전투기와 싸울 수 있는 전투기라면, 해상초계기는 적 함정과 잠수함을 상대로 하는 최적화된 전투기일세. 기체 하부에 어뢰를 장착해서 투하할 수 있다더군. 방금 전 두 번째로 착륙했던 전투기가 물수리 해상초계기일세. 항공모함 덕분에 아군 함대의 교전 거리도 크게 늘어났어."

이강의 이야기를 듣고 장병들이 놀라워했다.

그리고 경외의 시선으로 옆에서 함께 항진하고 있는 항공모함들을 봤다.

그때 통신장을 통해 1전단 순양함 전대장의 보고가 전해졌다.

“적 잠수함 포착! 순양함 전대가 음탐기로 은신한 적 잠수함을 발견했습니다!”

이강이 진한 미소를 지으면서 장병들에게 명령했다.

“이번에는 우리 차례군! 폭뢰 투하로 적함을 격침시킨다!”

“예! 제독!”

함대를 이루는 함정들을 공격할 수 없다고 판단한 U보트가 깊은 바다에서 침묵하며 기회를 엿보고 있었다.

세계 최초로 잠수함을 실전에 투입했던 해군이 조선 해군이었다.

때문에 역으로 당하는 것부터 군부 차원에서 대비했다.

해군 전 함정에 음탐기라 불리는 특수한 장비가 탑재되어 있었다.

그 장비는 함저에서 소리를 발사해 해저의 물체에 부딪쳐서 돌아오는 소리를 포착하는 장비였다.

더해서 해저에서 울리는 각종의 소리를 탐지할 수 있었다.

U보트를 사냥하기 위해 드럼통처럼 생긴 폭뢰가 각 함 함미에서 떨어졌다.

시한이 설정된 폭뢰는 이내 해저에서 폭발을 일으키면서 충격파를 일으켰고 그 충격파에 은신해 있던 U보트 한 척이 찢어졌다.

헤드폰으로 음탐기를 통해 소리를 듣던 병사가 크게 외쳤다.

"적 잠수함 격침! 폭뢰에 접촉했습니다!"

폭발로 인한 독일 수병들의 단말마가 해저를 뚫고 음탐병에게 들렸다.

이내 부유물이 수면으로 올라왔고 U보트의 격침을 최종 확인했다.

이강이 명령을 내렸다.

"에든버러로 전속 항진한다! 견시수와 음탐병은 적 잠수함을 경계하라! 독일 북쪽 해역에서 놈들의 시선을 끌어 모을 것이다!"

협상국 함대가 두려워하는 U보트를 사냥하고 동진했다. 완벽하게 U보트를 제압한 사실은 세상에서 어느 누군가가 들어도 거짓말 같은 이야기였다.

그것을 오직 조선 해군 장병들만이 알고 있었다.

때문에 더 이상 열강의 함대보다 약하다고 생각하지 않았다.

오히려 압도하며 당당히 이길 것이라고 생각했다.

드높은 사기로 거침없이 대서양의 물결을 갈랐다.

그리고 에든버러에 도착해 세상의 시선을 끌어 모으기 시작했다.

그 사이 조선에서 출항한 화물선들이 프랑스에 도착했다.

나비처럼 날아서 벌처럼 도망치다

파리의 프랑스 대통령 궁에서 시계종 소리가 울렸다.

석양이 집무실을 붉게 물들인 가운데, 대통령인 푸앵카레가 총리인 클레망소로부터 보고를 받았다.

곧 프랑스에 손님이 올 예정이었다.

"앞으로 한시간 뒤면 조선군이 도착하는군. 놈들이 화물선에 신무기를 실었다고 하는데 이번 기회에 제대로 파악해야 할 거요."

"미리 잘 살피라고 지시를 내렸습니다."

"전선에 탱크라 불리는 영국의 전차가 투입됐는데 과연 고려의 전차가 그것보다 뛰어난지 확인해야겠소. 그리고 뛰어나다면 우리도 반드시 만들어야 할 거요. 고려군에게 우리군의 장교와 기술자를 붙이시오."

"예. 각하."

푸앵카레의 지시를 클레망소가 받아 다시 지시를 내렸다.

언론과 첩보로만 전해지는 조선군 전차와 장갑차를 눈앞에서 분석코자 했다.

덕분에 조선은 프랑스 정부의 협조를 받아 백성들을 구하기 위해 기갑 장비를 실은 화물선들을 유럽으로 보낼 수 있게 됐다.

서태평양과 인도양을 항해하고 수에즈 운하를 지난 화물선들이 프랑스의 정문이라 불리는 항구도시 앞의 바다에 당도했다.

멀리 건물들이 빼곡히 차 있는 항구도시가 갑판 위에 선 사람들의 눈에 보였다.

태극기가 나부끼는 화물선의 갑판에 육군 1군단장인 박승환과 근위 1사단장인 안중근이 함께 서서 살피고 있었다.

박승환이 검지를 들고 마르세유항을 가리키고 있었다.

"저기가 유럽이군."

"예. 군단장님. 마르세유입니다."

"멀리서 봐도 멋진 곳이로군. 하지만 저 도시를 구경할 시간이 우리에게 없어. 하선하면 곧바로 물자를 하역해서 남동부 전선으로 향할 준비를 하라고 장병들에게 전하게."

"예. 군단장님."

맘 편하게 유람할 여유가 장병들에게 없었다.

한시라도 빨리 억류된 직원과 관원들을 구해야 했고 한시 빠르게 프랑스 남동부 전선으로 향해야 했다.

마르세유항에 조선적 화물선들이 입항하자 미리 지시를 받은 프랑스 군경들이 나와서 항구 전체를 통제하기 시작했다.

예인을 위한 일부 관리들만을 남겨두고 전부 항구 밖으로 쫓아내서 조선군을 위해 기밀을 지키려고 했다.

천으로 숨겨진 전차와 장갑차가 하적 되는 것을 지켜봤다.

몇몇 장교가 하적되는 전차 가까이로 왔고 천의 틈새를 통해 안을 살피기 시작했다.

그들의 행동을 조선군 장교가 발견했다.

"이봐! 무슨 짓이야?!"

"……."

"간자야?! 우리 무기를 왜 네놈들이 정탐하려고 해? 저리 안 꺼져!"

조선군 장교의 호통에 프랑스 장교들이 인상을 썼다.

한동안 조선군 장교를 노려보다가 한번 더 호통을 듣고 발걸음을 옮겼다.

그 모습을 장병들이 지켜봤고 박승환이 안중근에게 프랑스군에 대해서 이야기했다.

미리 예상했던 일이었다.

"날파리가 따로 없군."

"맛난 음식이니 말입니다."

"손으로 쫓아내도 다시 날아드는 게 파리야. 우리 기갑 무기들을 분석하려고 할 거야. 하긴, 그런 의도로 놈들이 협조해주는 것이지만."

"백성들을 빨리 구하는 것만이 답입니다."

"그래."

독일에 대한 선전포고를 이루지 않은 상태에서 큰 소리 칠 수 있는 것은 프랑스였다.

때문에 백성들을 빨리 구하고 선전포고를 하거나 프랑스에서 빨리 철수하는 것만이 해결책이었다.

불청객들과 동행하면서 알자스로렌과 맞닿은 전선으로 향하기로 했다.

인부로 변장한 보병들이 계속 하선하는 가운데, 항구에 대기하고 있는 화물 열차 위로 맹호 전차와 현무 장갑차를 이동시켜서 실어다 올렸다.

그리고 줄로 단단하게 묶어서 고정시켰다.

"출발!"

수기로 출발 신호가 전해지자 차장이 화물열차를 움직이기 시작했다.

이어 몇 척의 화물선이 도착해 장비와 병력들을 내리고 다시 화물열차로 밤새 수송을 벌였다.

그로부터 열흘이 지났을 무렵이었다.

전선과 가까운 프랑스 동부 도시인 낭시에 동양인 인부

들이 크게 늘어났다는 이야기가 세상에 퍼졌다.

밤에 인부들이 묵는 건물 창문에 천이 드리워지고 등잔이 불이 켜지면서 탁자 위의 지도를 밝혔다.

탁자 주위로 허름한 옷을 입은 동양인들이 있었다.

건물 밖에는 다른 인부들이 사람의 접근을 막기 위해서 몰래 경계를 벌이는 중이었다.

그리고 구원을 위한 중요한 계획이 세워지기 시작했다.

모자를 벗은 종현이 지도를 짚으면서 인부로 변장한 대원들에게 말했다.

그 사이에 김상옥과 나석주도 함께 있었다.

"독일 북쪽 해역에서 우리 함대가 전개 중이다. U보트 몇 척을 격침시켰으니 선전포고를 한 상태는 아니지만 전쟁을 선포한 것이나 다를 바 없어. 때문에 독일군이 북쪽으로 조금 이동된 상태다. 경계가 옅어지긴 했지만 방심하지 마라. 목숨은 하나고 무엇보다 우리 백성들을 지켜야 한다. 남쪽 산악 지역을 통해 뮌헨으로 침투한다."

침투 계획을 듣고 승현이 물었다.

"수용소의 지도는 확보되었습니까?"

"지도는 확보되었다."

"호송은 어떻게 합니까? 도보로 하게 되면 결국 슈투트가르트에 이르기 전에 적에게 포위 될 겁니다. 빠르게 움직일 수 있어야 합니다."

배를 타고 마르세유에 도착할 때까지도 어떻게 호송하는지에 대해서 문제가 해결되지 않았다.

그러나 그 문제는 이미 해결된 문제라는 것을 종현이 알렸다.

낭시에 도착했을 때 겨우 이뤄졌던 접선이 있었다.

"수용소의 지도를 준 사람이 도와줄 것이다. 우리가 직원들과 관원들을 구하고 나면 차가 미리 준비되어 있을 것이다. 그러니 걱정하지 말고 백성들을 구출한다."

"예. 대장님."

"지금부터 수용소로 쓰이는 고성의 구조를 알려주겠다. 임무 도중에 일일이 지도를 볼 수 없으니 전원 내일까지 암기해라. 사방에서 침투하고 출구는 정문이 될 것이다. 따라서 정문을 작전을 개시함과 동시에 정리한다."

"알겠습니다."

누가 차를 준비시켜주는지 알 수 없었다.

그가 누구인지 종현이 미리 알려주지 않았다.

아무래도 최고의 비밀로 보호되어야 하는 사람인 것 같았다.

뮌헨 남쪽에 위치한 고성의 지도를 탁자 위에 펼쳤다.

고성의 구조를 종현이 설명했고 그와 옛 특임대 대원들을 제외한 나머지 대원들이 고성의 구조를 익히면서 독일이 억류한 사람들을 구할 준비를 모두 마쳤다.

그리고 화기를 장비들을 챙겨서 스위스 접경지로 향했다.

알프스 산맥을 따라 뮌헨으로 향했고 수용소로 쓰이는 고성 밖의 숲에 특임대 대원들이 매복했다.

구출 작전을 벌이기에 앞서서 확보된 첩보가 여전히 유효한지 확인이 필요했다.
독일에 침투한 정보국 요원들과 대원들이 만남을 이뤘다.
김상옥이 대원들을 이끌고 있었다.
"반갑소. 임무 수행을 책임지는 가격 조장이오."
"정보국 독일 지부장이오."
"정보국에서 정보를 준 덕분에 우리 백성들을 구할 수 있는 계획을 세웠소. 그 정보가 지금도 여전히 유효하오?"
김상옥의 물음에 요원들 사이에서 움직임이 일어났다.
한 사람이 앞으로 나와 머리에 쓰고 있던 후드를 뒤로 넘겼다.
그러자 숲 사이로 스며드는 달빛에 얼굴이 사람들에게 드러났다.
그는 조선인이 아닌 서양인이었다.
"여전히 유효합니다."
조선말이 아닌 독일 말이었다.
요원 중에 능통한 자가 통역해주고 대답을 들은 김상옥은 어리둥절했다.
요원들과 함께 있기에 위험한 사람은 아니었다. 그러나 신원을 알아야 했다.
"이자는 누구요?"
지부장이 알려줬다.
"금성차에서 일하는 벤츠 기술이사요. 벤츠 이사가 계속해서 우릴 도와줬소. 때문에 이사에 관한 비밀이 지켜져야 하오."

그동안 누가 조선을 위해서 도와줬는지 알게 됐다.

대원들의 시선이 벤츠에게 향했다.

벤츠가 간절한 마음으로 대원들에게 말했다.

자신과 조선인 직원들 사이의 끈끈한 연을 알려줬다.

"전쟁이 일어나서 독일의 외국인들이 떠날 때, 오직 고려인과 미국인들만이 독일에 남아서 우리와 함께 해줬습니다. 그 의리를 저 또한 반드시 지킬 겁니다. 그러니 꼭 구해주기 바랍니다."

조선의 방식대로 허리를 굽히면서 부탁했다.

그 모습에 김상옥과 대원들이 깊은 감명을 받았다.

화기를 만지면서 성공적으로 임무를 수행할 것이라고 말했다.

"꼭 구하겠소. 그리고 벤츠 이사의 도움을 절대 잊지 않겠소. 우릴 도와줘서 참으로 고맙소."

목례로 벤츠에게 김상옥이 감사의 뜻을 전했다.

그리고 지부장과 요원들에게 고갯짓으로 이제 작전을 벌이겠다는 뜻을 알렸다.

지부장과 요원들이 지켜보는 가운데 벤츠는 간절한 마음으로 나무 사이로 보이는 고성을 봤다.

그리고 김상옥이 대원들을 이끌었다.

"가자."

"예. 조장님."

나석주와 대원들이 어둠을 틈타서 은밀히 움직였다.
고성 주위에 물로 채워진 해자가 있었다.
잠잠해야 할 해자의 수면이 흔들리기 시작했다.
성탑 위에서 보초를 서는 독일군에게 망원경이 장착된 한 일식 소총이 조준됐다.
총구 끝에는 길고 뭉툭한 소음기가 장착되어 있었다.
숲에 숨은 대원들이 성탑의 초병들을 저격하고 일발에 머리를 터트렸다.
재빠르게 총탄을 장전해서 반대편 성탑을 확인하고 다시 방아쇠를 당겨서 초병들을 죽였다.
대원들이 침투하는 것을 누구도 알아차리지 못했다.
'성탑의 초병이 제거되었습니다. 갈고리 총을 쏴서 성벽 위로 올라가도 될 것 같습니다.'
수신호로 나석주가 김상옥에게 보고했다.
이어 김상옥이 손가락으로 갈고리 표시를 보이자 해자를 건넌 대원들이 특수총을 준비해서 성벽 위로 갈고리 줄을 걸었다.
'퉁'하는 소리에 이어서 철컹하는 소리가 성벽 위에서 발생했다.
숲의 저격수들은 계속해서 망원경으로 성벽 위를 살폈다.
그리고 대원들이 줄을 타고 오르는 것을 지켜봤다.
모든 대원이 성벽 위에 오르자 소총을 들고 움직이게 됐다.

‘성문으로 가세.’

‘그러세.’

성문의 초병을 제거하고 탈출로를 만들 필요가 있었다.

고성에 침투한 대원들이 소음기를 장착한 한 오식 기관단총을 들고 천천히 움직이기 시작했다.

횃불이 일렁이자 벽에 몸을 붙여서 노출을 최소화했다.

발소리를 죽이며 성으로 들어가 계단을 내려갔다.

복도로 향하는 벽 모서리 앞에서 작은 거울을 통해 복도에 적이 있는지를 확인했다.

그리고 초병이 서 있는 것을 확인했다.

‘두명이다.’

김상옥이 손가락 두개를 보이자 나석주가 손으로 목에 선을 그었다.

‘죽입시다.’

‘아니. 기다려. 안 보이는 초병이 있을 수도 있으니까. 30초 동안만 기다린다.’

‘예. 조장님.’

약간의 시간 동안 초병의 상태를 확인했다.

잠시 후 교대를 위한 초병이 올라와서 뭔가 이야기했고 김상옥과 대원들은 기다린 것을 잘했다고 생각했다.

보초를 마친 초병이 보도 끝으로 향해 계단 아래로 내려갔다. 그 발소리가 점점 멀어졌다.

교대한 초병이 조금씩 방심에 빠지자 기관단총을 든 대원들이 복도로 나갈 준비를 했다.

김상옥이 손짓으로 지시를 내렸다.
'비누와 연필이 나간다.'
'예.'
'셋, 둘, 하나.'
따다닥. 따닥.
'후우.'
콩 껍질이 터지는 소리가 일어났다.
그 소리는 공기를 찢어놓는 총성보다 매우 조용했다.
보초를 서던 초병들을 사살한 이후 대원들은 복도의 문들을 살폈다.
3개의 문이 있었고 그중 하나가 열려 있었다.
열린 문부터 확인하기 시작했다.
'이 방은…….'
'지휘관의 방이군. 놈이 잘 자고 있어.'
고성 높은 곳의 큰 창문이 있는 방이었다.
넓은 침대가 방 중앙에 위치하고 있었고 옷걸이에 걸린 독일군 장교의 군복 어깨 부분에 중령 계급장이 달려 있었다.
그것이 이 자리에서 코를 골며 자고 있는 이가 고성을 지키는 군의 지휘관이라는 것을 알렸다.
자고 있는 장교의 머리로 김상옥이 총구를 조준하고 방아쇠를 당겼다.
"잘 자게."
영원히 깨어날 수 없는 꿈속으로 빠져들었다.

지휘관을 죽인 대원들은 이내 방을 나가서 다른 방들을 살피기 시작했다.

잠긴 방의 잠금 장치에 충격을 가하고 문손잡이를 부수고 들어가서 안을 살폈다.

그러다 최고층의 잠긴 방이 창고라는 것을 알게 됐다.

계단을 따라 아래층으로 내려가서 위층과 마찬가지로 복도의 초병을 제거했다.

이후 방을 살피기 시작했다.

'위에가 아니면 지하라는 건데. 제발 위에 있었으면 좋겠어.'

'동감입니다.'

문들이 모두 잠겨 있었다.

문고리를 향해 충격을 가하고 조심히 방문을 열고 들어가 안을 살폈다.

안에는 몸을 씻지 못한 사람만이 낼 수 있는 퀴퀴한 냄새가 나고 있었다.

달빛을 가렸던 구름이 물러나고 창문을 통해 방안이 조금 밝혀졌다.

그리고 서랍장 같은 좁은 침상과 그 사이에 껴 있는 사람들을 보았다.

잠에서 깬 사람이 독일 말로 물었다.

"누구요……?"

그 억양이 진짜 독일 사람과 차이가 있었다.

옆에 있는 등잔에 나석주가 성냥으로 불을 밝혔다.

그러자 사람들의 모습을 알아볼 수 있을 정도로 방이 환해졌다.

잠에서 깬 사람들이 눈을 비비고 있었다. 그들은 전부 동양인이었다.

바로 구류 당했던 조선인 직원들이었다.

그들의 몰골을 보고 대원들이 할 말을 잃었다.

"이런 식으로 대하면서 보호를 한다고 거짓말을 하다니……."

"죽일 놈들……!"

독일 정부의 거짓말에 대원들이 분노했다.

총으로 보이는 무기를 들고 방에 들어온 대원들이 그림자처럼 보인 나머지 그들을 본 직원들이 놀랐다.

"히익!"

급히 김상옥이 검지로 입을 가렸다.

"쉿! 조선군입니다!"

"……?!"

"여러분들을 구하기 위해서 왔습니다. 그러니 조용히 하셔야 합니다……!"

조용한 목소리면서도 세게 사람들에게 말했다.

그 말에 사람들은 어안이 벙벙하게 있다 그제야 방안에 들어온 사람들이 자신들을 구하려고 들어온 것이라 여겼다.

방 여기저기에서 낮은 탄성이 흘러나왔다.

"아아……."

"역시 왔어……."

"우리를 구하기 위해서 폐하께서 군을 보내주시다니……."

"흐흑……."

살았다는 생각에 눈물을 흘리는 사람들이 있었다.

김상옥이 다시 검지로 입을 가리면서 조용히 해야 된다고 말했다.

사람들 중에 직급이 높은 이가 앞으로 나섰다.

"지휘관이십니까?"

"그렇습니다. 혹, 금성차의 지사장입니까?"

"예. 지사장 안성태입니다. 그동안 우리 군을 기다리고 있었는데 이렇게 보게 되니 정말 기뻐서 눈물이 날 것 같습니다… 참으로 감사합니다……."

안성태가 눈물을 흘렸고 그와 여윈 모습을 하고 있는 직원들을 보면서 김상옥이 안쓰러워했다.

그때 다른 방을 살핀 대원들이 와서 보고했다.

"다른 방에도 우리 백성들이 있습니다."

고개를 끄덕이고 차분한 어조로 김상옥에게 말했다.

"지금부터 성을 탈출할 겁니다. 위에서부터 내려왔기에 위는 정리됐지만 아래에서는 저희가 교전을 벌일 수 있습니다. 신호에 맞춰서 따라오시기 바랍니다."

안성태가 고개를 끄덕이면서 김상옥에게 말했다.

"지하에 미리견 사람들이 있습니다."

다시 김상옥이 말했다.

“어차피 모두 죽을 겁니다. 이 성의 독일군은 한명도 살아남지 못합니다.”

백성들을 억류한 독일 정부에 대한 분노를 고성을 지키고 있는 장병들에게 모두 쏟아내려고 했다.

방 밖으로 나와서 대원들이 지키는 복도를 당당히 걸었다.

그리고 계단을 걸어서 내려가서 복도마다 지키고 있는 독일군 초병들을 죽였다.

독일군이 자고 있는 방에 들어가서 화기를 난사했고 장교들이 의자에 앉아서 졸고 있는 사령실로 향해 그들을 모두 죽이고 밖으로 통신이 이뤄지는 것을 차단시켰다.

성안의 방 중 약속된 방에서 등잔불이 켜지며 창문 앞에서 흔들렸다.

그것을 본 성 밖의 대원들이 화기를 챙겼다.

저격수가 성문 앞을 지키는 초병들을 사살했고 매복지에서 똑같이 불빛을 흔들었다.

밖의 대원들이 고성 1층과 성문 앞을 점령하기 시작했다.

그 모습을 정보국 요원들과 벤츠가 숲에서 지켜보고 있었다.

대원들의 전투력을 보고 벤츠가 크게 감탄했다.

‘고려가 이런 나라였단 말인가?! 내가 직원들의 위치를 알려주지 않았어도, 아마도 찾아내서 저렇게 구출했을 거야. 폐하는 대체 무슨 생각으로 고려를 분노하게 만들었단

말인가!'

그저 이기는 쪽에 참전을 해서 배상을 얻어내는 것과, 먼저 공격을 당해서 보복을 벌이고자 하는 것은 차원이 다른 전쟁이었다.

크게 분노한 조선이 독일을 상대로 불바다를 이룰까 겁이 났다.

그때 벤츠의 심정을 알아챈 요원들이 말했다.

"벤츠 이사와 우릴 도운 독일인이 있다는 것을 기억합니다. 우리의 분노는 오직 독일 황실과 백성들을 억류하게 만든 관련자에게만 향합니다."

그 말을 듣고 벤츠가 조금 안심했다.

그리고 자신이 해야 하는 일을 벌였다.

성내 2층에서 결국 총성이 일어나기 시작했다.

탕! 타탕! 탕!

"빌어먹을!"

"대체 어떤 놈들이야!"

퍽!

"커헉……!"

"아래층에도 있어! 이런……!"

궁지에 몰린 독일 병사들이 소리쳤다.

살아남으려고 안간힘을 쓰던 병사들은 복도 양끝으로 권총을 쏘면서 발악을 했다.

눈먼 총알에 제대로 맞으면 아무리 대원들이라고 해도 죽을 수 있었다.

"조심했어야 했는데, 놈들이 알아챘어."

"그래도 저놈들이 전부일 겁니다. 아래층에서 대원들이 올라왔습니다."

"어차피 성 밖으로 소리가 크게 울려 퍼지지도 않을 건데, 수류탄을 까 넣음세."

"예. 조장님."

나석주가 직접 수류탄을 뽑아들었다.

주먹크기만 한 수류탄에서 집게와 안전 고리를 뽑고 신관을 작동 시킨 뒤 2초 후에 독일 병사가 있는 곳으로 던졌다.

그리고 크게 외쳤다.

"수류탄 투척!"

직후 폭발이 일어나면서 독일군의 비명소리가 울려 퍼졌다.

"크아악!"

"으윽……!"

적을 제압하고 일시에 복도로 나가 기관단총의 방아쇠를 당겼다.

2층의 모든 독일군이 사살됐다.

1층에서 올라오던 대원들이 주먹을 들어보였고 김상옥이 올라와도 된다고 말했다.

2층에서 접선한 대원들이 서로의 전황을 확인했다.

"아래층은?"

"모두 정리했습니다."

"위층은 우리가 정리했네. 이제 지하로 감세."
"지하도 정리했습니다."
"그래?"
"미국인들이 있어서 잠시 대기시켰습니다. 그리고 이제 모두 정리되었으니 구출해도 될 것 같습니다."
"성문 앞에서 보세."
"예. 조장님."
김상옥이 나석주에게 손짓을 했고 이어 위층으로 대원 몇 명이 올라갔다.
잠시 후 위층에서 기다리던 직원들과 공관원들이 내려왔다.
특임대 대원들의 호위를 받으면서 시체가 즐비한 복도와 1층 로비를 지났다.
그리고 성문 밖으로 나가서 미리 대기하고 있는 차들을 보았다.
안성태가 앞에 서 있는 사람들을 보고 눈동자를 떨었다.
"어떻게 이런 일이…! 벤츠 이사!"
"지사장님."
"어떻게 여기에 있는 것이오……?"
어리둥절하면서 벤츠에게 물었다.
그때 차에서 내리던 금성차 직원들이 보였다.
독일인 직원들을 보고 사람들이 놀랐다. 벤츠가 안성태에게 말했다.
"지사장님과 동료들을 구하기 위해서 왔습니다."

안성태가 물었다.
"독일인이지 않소?"
"나라를 위해서 싸우겠지만 적어도 남아준 조선인들에 대한 보답은 할 것입니다. 특별히 큰 화물차들을 준비했으니 이것을 타고 탈출하시기 바랍니다. 그리고 다시 함께 일할 수 있기를 원합니다."
"기술이사……."
"어서 타십시오. 지사장님."
탈출을 돕는 벤츠와 독일 직원들을 보고 조선인 직원들이 눈물을 흘렸다.
그리고 나머지 공관원들과 대원들도 감동 받았다.
다시 벤츠가 안성태에게 말했다.
"타십시오."
화물차의 화물칸을 열고 안성태를 위에 올라타게 했다.
대원들이 사주경계를 벌이면서 직원들을 신속히 화물차에 탑승시켰다.
이어 지하에 갇혀 있던 미국인들도 구출되어 나머지 화물차에 탑승하고 김상옥이 성안에서 나왔다.
구출된 미국인들이 연신 대원들에게 고맙다고 말했다.
그리고 영어로 그 은혜를 잊지 않을 것이라고도 말했다.
벤츠에게 김상옥이 공관원을 통해서 감사의 뜻을 전했다.
"참으로 고맙소. 독일 국민으로 이렇게 우리에게 도움을 주기가 힘든데, 조선에서는 벤츠 기술이사가 지킨 정의를 잊지 않을 거요."

"가기 전에 해주셔야 할 것이 있습니다."

벤츠가 손가락으로 자신의 옆구리를 가리켰다.

직후 소음기 특유의 총성이 일어났다.

따닥!

"윽……!"

총에 맞은 벤츠가 쓰러지자 안성태가 놀라서 몸을 일으켰다.

"벤츠 이사!"

그리고 김상옥이 뒤돌아보지 않고 남은 대원들에게 말했다.

"승차하라!"

"예! 조장님!"

쓰러진 벤츠를 남은 독일인 직원들이 살폈다.

김상옥이 안성태 옆에 앉아 그에게 어째서 벤츠에게 총을 쐈는지 알려줬다.

그것은 독일 직원들을 위해서였다.

"치명부위를 피해서 쐈습니다. 이젠 기술이사를 의심할 수 없을 겁니다. 이 차는 우리가 금성차 독일 직원들로부터 빼앗은 겁니다."

김상옥이 왜 총을 쏘았는지 그 의도를 알아차리고는 안성태가 고개를 끄덕였다.

인질이 구출된 지 두 시간이 지났을 무렵이었다.

성에 햇빛이 비춰지기 시작했다.

연락을 위한 독일군 파발마가 도착했다.
성에 들어간 전령은 급히 밖으로 나와서 다시 말을 몰기 시작했다.
결국 독일 전체에 인질이 탈출한 사실이 알려졌다.
도로 사정이 좋지 못해서 차가 최고 속도로 달릴 수 없었다.
그럼에도 비교적 빠르게 도로를 따라 슈투트가르트로 향했다.
운전을 하던 대원이 앞을 보다가 눈에 힘을 주었다.
"이런! 조장님!"
대원의 부름에 김상옥이 앞을 쳐다봤다.
그리고 나무로 장애물을 세운 독일군을 발견했다.
소총으로 무장한 독일군이 사격 준비 자세를 취했다.
김상옥이 급히 대원들에게 명령했다.
"뚫고 지나가! 그리고 놈들이 쏘지 못하게 우리가 먼저 쏜다! 화력을 집중시켜!"
"예!"
"직원들과 관원들은 어서 엎드리십시오!"
김상옥의 외침에 구출 된 사람들이 일제히 엎드렸다.
대원들이 화기 장전을 했고 압도적인 화력을 선보일 수 있는 한 육식 기관총을 운전석 지붕에 올려 전방을 조준했다.
그리고 총탄을 퍼붓기 시작했다.
"사격 개시!"

드드드드득! 드드득!

따다닥! 따닥!

"고개를 들지 못하도록 계속 쏴!"

한 발을 쏘고 총알을 장전해야 하는 볼트액션 소총과 방아쇠를 당기고 있는 것만으로 무수한 총알을 쏘아 날릴 수 있는 자동화기의 대결 결과는 불을 보듯 뻔했다.

독일군의 엄폐물 앞으로 총알들이 날아들었다.

그로 인해 차를 향해서 총을 쏘려던 독일군이 머리를 바짝 내렸다.

권총을 든 장교가 크게 소리치고 있었다.

"막아야 한다! 어서 방아쇠를……!"

명령이 모두 전해지기도 전에, 퍽, 하는 소리와 함께 머리가 터졌다.

저격수가 장교의 머리를 정확하게 저격한 것이다.

그로 인해 독일군 중 어느 누구도 돌진하는 화물차들을 막지 못했다.

결국 세워져 있던 장애물들이 부서지고 화물차들이 빠르게 지나갔다.

뒤늦게 독일군이 권총과 소총을 쏘면서 잡으려고 했다.

그러나 이미 빠르게 차들이 지나간 뒤였다.

검문소를 지난 대원들이 이마를 쓸어내렸다.

"휴우!"

"위험했습니다."

"그러게 말일세. 이대로 슈투트가르트까지 아무 일 없었

으면 좋겠군. 이걸로 우리가 탈출했다는 사실이 독일 전역에 알려진 것 같아."

뒤차에 탑승한 나석주가 대원들에게 말했다.

함께 타고 있는 미국인들의 상태를 살피고 무사한 사실을 확인했다.

그리고 앞 차에다 수신호로 그 사실을 알려줬다.

무사히 슈투트가르트까지 달릴 수 있기를 소망했다.

그리고 거의 도착했을 무렵이었다.

슈투트가르트 방면에서 포성 소리가 들리고 앞에서 크게 폭발이 일어났다.

콰쾅! 쾅!

"우악!"

선두 차 앞에서 폭발이 발생했다.

그로 인해 차가 옆으로 미끄러지면서 화물칸에 있던 사람들이 쓸려서 넘어졌다.

김상옥과 대원들도 사람들 틈바구니에 밀려서 넘어졌다.

그러자 뒤따르던 모든 차량이 멈추게 됐다.

운전을 하던 대원이 거칠게 숨 쉬면서 앞을 쳐다봤다.

"헉! 헉!"

도로 끝 작은 마을 입구 담장에서 불꽃이 번쩍였다.

"이런! 엎드려!"

김상옥의 외침이 끝나기도 전에 쇠끼리 부딪히는 날카로운 소리가 화물차 전면에서 일어나기 시작했다.

운전석과 조수석에 앉아 있던 대원들이 급히 내렸고 대원들의 지시로 화물칸에 타고 있던 사람들이 일제히 몸을 낮추고 벌벌 떨었다.

맥심 기관총이 내는 특유의 총성이 들리고 있었다.

김상옥이 손짓을 하며 대원들에게 크게 외쳤다.

"여기서는 못 싸워! 하차해서 싸운다!"

사람들에게는 화물차의 난간이 엄폐물이 되기에 함부로 밖으로 나오지 말라고 일러뒀다.

"예! 조장님!"

안성태가 알겠다고 말했다.

직후 하차하자마자 지시를 내리고 응전하기 시작했다.

"기관총으로 갈겨! 기관단총에서는 소음기를 떼서 조준 사격 해라! 저격수는 적 장교를 조준해서 쏴!"

"알겠습니다!"

"사격 개시!"

멈춰선 화물차들을 엄폐물로 삼고 불빛이 번쩍이는 담장을 향해 화력을 쏟아내기 시작했다.

분당 천 발 넘게 쏠 수 있는 기관총으로 제압 사격을 가했고 그에 못지않은 기관단총으로 단발 소총으로 무장한 독일군을 압도했다.

그러나 쉽게 그들을 죽일 수 없었다.

갈겨진 총알 대부분은 담장에 박히거나 허공을 가르면서 일시적으로 독일군의 총격만 저지할 뿐 사격이 중단되면 이내 총탄이 날아들었다.

수에서 압도당하는 특임대가 밀리기 시작했다.
"빌어먹을! 거의 다 왔는데!"
나석주의 입에서 욕이 튀어나왔다.
심호흡한 김상옥이 다시 총을 밖으로 내어서 방아쇠를 당겼다.
"사격!"
따라 대원들이 총격을 가했다.
그때 김상옥의 허리 옆으로 불빛이 지나갔고 뒤에 있던 대원 하나가 신음을 일으켰다.
"큭!"
"석두야!"
암호명으로 불러야 하는데 얼떨결에 이름을 불렀다.
석두라는 이름을 지닌 대원이 총탄을 맞고 쓰러졌다.
그의 몸을 김상옥이 급히 끌어당겼다.
석두가 있었던 자리에 독일군의 총탄이 날아들었다.
부상당한 대원의 옆구리에서 피가 흘러내렸다.
"죄…죄송합니다……."
"입 다물어! 비누! 부상 부위 좀 확인해!"
"예! 조장님!"
옷을 뜯고 총알이 관통한 곳을 살피려고 했다.
그때 하늘에서 굉음이 울려 퍼졌다.
그 굉음이 무엇인지 김상옥은 알고 있었다.
슈웅~!
"이런! 적 포격이다! 엎드려!"

쾅! 콰콰쾅! 콰쾅!

"망할!"

빗나간 포격이 대지에 상흔을 남겼다.

화물차들은 무사했기에 김상옥은 짧게나마 다행이라는 생각을 했다.

직후 적의 차단선을 어떻게 뚫을지를 고민했다.

석주가 다시 포격이 올 것임을 알렸다.

"놈들이 포 각을 수정해서 쏠 겁니다!"

절망이 찾아오고 있었다. 차단선을 펼친 독일군을 뚫어낼 방법이 떠오르지 않았다.

"빌어먹을……!"

멀리서 포탄을 장전하고 방아 끈을 당기는 독일군의 모습이 상상됐다.

그때 하늘에서 다시 굉음이 울려 퍼졌다.

그 소리를 듣고 고개를 들지 않은 사람은 아무도 없었다.

서쪽 하늘에서 비행기 8기가 나타났다.

"뭐야……?"

"아군기인가?"

"아군기라면 복엽기 내지는 삼엽기일 텐데……."

"단엽기다! 아군 전투기가 아니야!"

기잉~! 드르르르륵~!

"기…기관포!"

퍼퍼퍽!

"우왁!"

전동기가 돌아가는 소리가 크게 울려 퍼졌다.
기수를 급격히 낮춘 항공기가 차단선에 있던 독일군에게 총탄을 퍼붓고 기수를 높였다.
부웅~ 하는 소리와 함께 사람들이 고개를 들었고 항공기의 날개에 새겨진 문양을 알아보았다.
그것은 태극 문양이었다.
"고려군이다!"
"고려 놈들의 전투기야!"
"놈들의 전투기가 어떻게!"
쿠쿵! 쿠쿠쿵! 쿵!
"헉?!"
독일군 후방에서 천둥소리보다도 큰 폭음이 연달아 터졌다. 8기의 항공기가 서쪽 하늘에서 급강하했다가 솟구치고 있었다.
그 아래에서 검은 연기가 피어오르자 포병 부대가 폭격받고 있다는 사실을 독일군이 알게 됐다.
그리고 기수를 높이고 있는 항공기들을 쳐다보았다.
그 항공기들은 절대 전투기가 아니었다.
고공으로 올라간 항공기들이 급강하했다.
차단선을 지휘하는 지휘관이 크게 외쳤다.
"온다! 쏴라!"
다시 기관포를 쏠 것이라고 생각했다.
발악하는 심정으로 권총을 들고 방아쇠를 당겼다.
그를 따르던 병사들이 소총으로 수직낙하 하는 항공기에

게 총탄을 쏘아 날렸다.

그러나 어떤 총알도 맞히지 못했다.

항공기의 하체에서 폭탄이 떨어지고 장병들의 머릿속에서 어렸을 때의 기억이 떠올랐다.

순간적으로 모든 생애가 눈앞에서 스쳐 지나갔다.

쾅! 하는 소리와 함께 독일군이 구축한 차단선이 붕괴됐다.

온 파편이 사방으로 흩어졌고 이어 주변의 다른 독일군의 머리 위로도 폭탄이 떨어졌다.

급강하했던 항공기들이 다시 기수를 높이고 고도를 높였다.

화물칸에서 웅크리고 있던 직원들이 고개를 들고 하늘을 쳐다봤다.

우…우리편 전투기인가……?”

“그런 것 같아! 아군 전투기야! 우리 공군이 구해주러 왔어!”

한 치의 의심도 없었다. 그러나 분명히 전투기는 아니었다.

적어도 대원들만큼은 그것을 알고 있었다.

“신형 전술기다!”

“참매 급강하 폭격기야! 때맞춰서 와줬구나!”

전투기에 이어 해상초계기와 함께 개발 된 신형 전술기였다. 주먹을 불끈 쥐면서 통쾌함을 느꼈다. 그때 남서쪽에서 포성이 들려왔다.

빵!

콰쾅!

"와!"

둥근 포탑이 대원들의 눈에 들어왔다.

"맹호 전차다!"

"우리 기갑 부대야!"

"근위 1사단입니다! 우리 기갑 부대입니다! 살았습니다! 조장님!"

"그래!"

나석주의 외침에 김상옥이 화색 만연한 얼굴로 대답했다. 어려움이 있었지만 임무는 성공이었다.

선두 전차에서 무전 교신이 이뤄지고 있었다.

—아직 적이 남아 있다! 놈들이 도망칠 때까지 계속 쏜다! 쏴!

포성과 함께 담장이 날아가고 건물들이 무너졌다.

그 아래로 차단선을 지키려던 독일군이 깔려서 죽임을 당했다.

지휘관을 잃은 가운데 병사들을 통제할 사람은 아무도 없었다. 다시 전차포성이 일어나고 현무 장갑차가 나타나서 육중한 중기관총으로 총격을 가하기 시작했다.

어지간한 돌도 꿰뚫는 대구경 총탄에 도주를 주저하던 병사들이 떼죽음을 당했다.

그때가 되어서야 비로소 독일 병사들이 깨달았다.

"집에 아내와 딸이 기다리고 있다고…! 절대 여기서 죽지 않을 거야!"

"이봐!"

쾅!

"크악!"

남은 독일군을 다시 전차 포탄이 덮쳤다.

싸우려는 자들은 모두 죽고 도망치는 자들은 그나마 살아남을 수 있는 희망이라도 있었다.

그로 인해 모든 독일군이 도망치기 시작했다.

전력질주하기 위해서 들고 있던 무기조차 던지고 도망쳤다. 그리고 그들에게 채찍질을 하듯 연신 포성이 일고 총성이 일었다.

차단선이 붕괴되는 것을 보고 조선인 직원들이 발을 번쩍 올리면서 기뻐했다. 그리고 미국인들이 감탄했다.

"고려군의 무기를 처음 봤어!"

"어째서 러시아가 박살났는지 알 것 같아!"

더 이상 미개하다거나 약한 나라라고 여길 수 없었다.

전쟁을 어떤 식으로든지 요리할 수 있는 나라라고 생각하면서 궤도를 굴리며 당당하게 다가오는 전차의 위용을 살폈다.

그리고 그 수가 많음에 입을 벌리고 숨을 삼켰다.

"맙소사!"

"저렇게 많았어?!"

언덕을 넘는 전차의 수가 수십 대 이상이었다.

보이는 전차들만 보더라도 조선이 얼마나 강국인지 알

수 있었다.
전차들은 사방으로 포구를 조준하고 경계를 벌였다.
전차 중 선두에 섰던 전차가 화물차들 옆으로 다가왔다. 그리고 뚜껑이 열리고 안의 장교가 모습을 드러냈다.
어깨 견장에 2개의 별이 있는 것을 보고 김상옥이 경례했다.
그는 안중근이었다.
"필승!"
"필승."
"장군님께서 선봉에 서신 줄 몰랐습니다!"
"자네가 몰랐다면 적 또한 몰랐겠군. 다행일세. 그나저나 사상자는 얼마나 되나?"
"부상자가 있습니다!"
"몇 명인가?"
"한명입니다!"
"상태는?"
김상옥이 돌아보자 부상당한 대원을 살핀 나석주가 대신 대답했다.
"치명 부위를 피한 것 같습니다! 하지만 빨리 치료를 받아야 합니다!"
대답을 듣고 안중근이 고개를 끄덕였다.
"장갑차가 있으니 안전하게 후송할 수 있네. 전차들이 길을 열 것이니 백성들과 미국인들에게도 승차하라 전하게. 불란서로 돌아갈 것이네."

"예! 장군!"

안중근의 명을 김상옥이 받았다.

안면이 있는 사이는 아니었지만 일개 조장이나 대원들보다 사단장의 직급이 높을 수밖에 없었다.

그의 명을 따라서 부상 대원이 장갑차에 실렸고 나석주가 그를 보살피기로 했다. 나머지 대원들이 신속히 사람들을 장갑차에 하차시켰다.

장갑차에 탑승한 미국인들은 호기심 어린 시선으로 그 안의 모습을 살폈고 무사히 집으로 돌아갈 수 있기를 기도했다. 모든 사람들이 탑승하자 안중근이 각 여단장들에게 명령했다.

"돌아간다!"

—예! 장군!

무전기에서 우렁찬 대답이 울려 퍼졌다.

육중한 엔진음이 터지면서 전차 부대를 선두로 장갑차 부대가 뒤따르기 시작했다.

왔던 길을 되돌아가면서 이미 찢어 놓았던 독일 방어선을 다시 돌파하고 프랑스 땅으로 돌아가 엔진을 정지시켰다.

고작 반나절 만에 이뤄진 진격과 회군이었다.

200km에 이르는 진격로를 한번에 왕복하며 앞을 막는 적을 모두 궤멸시켜 놓았다.

후송된 부상 대원은 급히 의무대로 보내져 수술을 받기 시작했다.

그를 치료하는 손은 누구보다 가녀린 손이었다.

동시에 산전수전을 겪은 거친 손이었다. 명의의 수술을 통해 장 파열을 일으켰던 대원이 눈을 떴다.

옆구리에서 통증이 밀려왔다.

"으윽……!"

침상에 그림자가 지며 수술을 받은 대원의 시선이 돌아갔다. 그 앞에 흑발을 가진 동양인 여인이 있었다.

여인이 깨어난 대원을 보고 환하게 웃었다.

"깨어나셨네요. 교수님을 부를게요."

"……?"

정신이 온전하지 못했다.

간호사로 보이는 여인의 부름에 하얀 옷을 입은 의사들이 오자 부상당했던 대원이 겨우 정신을 차렸다.

그의 앞에 백발 무성한 의사가 있었다.

그의 얼굴을 알아보지 못하는 조선인은 아무도 없었다.

"어…어의 영감……?"

김신이 간호사인 수민에게 대원의 상태를 물었다.

"혈압과 심박수의 상태는?"

"양호합니다. 교수님."

대답을 듣는 김신을 보면서 대원은 얼떨떨했다.

김신의 뒤에는 50세임에도 신체 건장한 동현이 있었고 곁에는 조금 다른 의복을 입고 있는 여인이 있었다.

그 여인에게 김신이 말했다.

"자네가 집도의니 확인하게."

"예. 교수님."
지연이 앞으로 와서 대원에게 물었다.
"상태는 어떻습니까? 아픈 곳이 있습니까?"
"배가… 아픕니다……."
"총알이 옆구리를 관통하면서 대장과 소장 일부가 파열됐습니다. 수술 후의 통증이니 그리 걱정하지 않으셔도 됩니다. 금식하시다가 방귀가 나오시면 미음으로 조금씩 식사하시면 됩니다."
지연의 설명에 대원이 고개를 끄덕였다. 그녀가 집도의라는 말에 대원은 그녀의 이름을 확인하려고 했다.
가운에 명찰이 있었고 거기로 대원의 시선이 향했다.
'제나 존스'라는 이름을 보고 대원이 어리둥절했다.
자신의 이름을 본다는 생각에 지연이 웃으면서 말했다.
"미국인입니다."
"예?"
"정확히는 미국 시민권을 가진 조선인입니다. 뉴욕대학교에서 외과교수를 맡고 있습니다."
의무대 안에 많은 의사들과 간호사들이 있었다.
그들은 조선인이거나 미국 사람이었고 두 나라에서 파견된 최고의 의사들이었다.
지연이 직접 이불을 덮어주면서 말했다.
"쉬시면 괜찮아지실 겁니다. 나중에 속이 안 좋거나 불편한 것이 있으면 간호사에게 말씀하세요."
"예……."

그리고 김신과 시선이 마주쳤다. 제자를 위해 김신은 보조의를 맡았을 뿐 그는 더 이상 메스를 들지 않았다.
의사로서 손놀림을 보일 수 있는 절정기를 지났다.
그럼에도 사람을 살리는 일에 최선을 다했고 그런 김신을 지연은 본받고자 했다.
유럽에서 스승을 만남에 매우 기뻐했다.
그렇게 독일이 억류했던 인질을 조선군과 특임대가 실력으로 구출했다.
그에 관한 소식이 베를린으로 전해졌다.
보고를 받은 빌헬름 2세가 노성을 터트렸다.
"미국인과 고려놈들이 탈출을 하다니! 이게 어찌 된 것인가?!"
"그것이……."
"전선에서 멀리 떨어져 있는 뮌헨이 아닌가?! 뮌헨에 갇혀 있던 인질들이 어떻게 탈출을 해?!"
빌헬름 2세의 물음에 베트만홀베크가 아무 대답도 하지 못했다.
그때 독일군 전체의 전략 계획 및 실행을 담당하는 이가 앞으로 나섰다.
고집스러운 불도그 같은 외모를 지닌 사람이었다.
대장군참모인 '파울 루트비히 폰 베네켄도르프 운트 폰 힌덴부르크'가 빌헬름 2세에게 말했다.
"고려군이 뛰어난 정예부대를 뮌헨에 투입했습니다. 그리고 독일의 금성차 직원들을 협박해 그들의 차를 빼앗고 탈출했습니다. 고려군이 전차 부대와 항공 부대로 호송을 했습니다."

"놈들이 아군 방어선을 돌파했다는 말인가?!"

"예. 폐하."

"놈들이 어떻게 참호를 돌파할 수 있어?! 영국의 탱크도 쉽게 돌파하지 못하는데!"

인상을 잔뜩 굳히고 힌덴부르크가 다시 말했다.

"탱크와 전혀 다릅니다."

"무어라?!"

"훨씬 빠르고 큰 대포와 기관총을 탑재한 괴물 같은 무기였다 합니다. 러시아가 고려에게 패한 이유가 있었습니다."

"……!"

앞으로 힘든 상황이 벌어질 것이라는 것을 베트만홀베크가 알렸다.

"고려가 곧, 선전포고할 겁니다. 더 이상 그것을 막을 수 없습니다. 가능하다면 러시아와 화친을 맺어야 합니다."

전쟁에 지친 러시아와 강화를 맺어야 된다고 말했다.

그 말에 빌헬름 2세가 어느 정도 동의했다.

베트만홀베크에게 황명을 내렸다.

"당장 러시아에 화의의 뜻을 전하게."

황실이 무너진 러시아를 상대로 마지막 희망을 걸고 조금이라도 전황이 나아지도록 만들려고 했다.

그 사이 조선에서 크게 함성이 일었다.

그것은 전쟁을 부르짖는 함성이었다.

인질이 구해지고 백성들에게 독일에서 있었던 모든 일들이 공개됐다.

신조선 전기

新

세계 대전에 조선이 참전 선언을 하다

"전과를 빨리 종합하게. 폐하께 장계를 보고 드려야 하네."

"알겠습니다."

군부에 유럽에서 전해진 보고들이 있었다.

행정 장교들이 전과를 정리하는 동안 성혁은 그중 일부 문서를 들고 살피기 시작했다.

독일을 상대로 선전포고를 벌인 상태는 아니었지만 자위권 차원에서 무제한잠수함 작전을 벌이는 독일 U보트만큼은 사냥할 수 있었다.

해상초계기라 불리는 물수리와 슈투트가르트 외곽에서 폭격을 벌인 급강하폭격기로 얻은 전과가 있었다.

그것을 보며 곁에 있던 장성호에게 말했다.
“정말 적절할 때 개발되어서 배치되었습니다.”
장성호가 그 전술기들이 시대를 뛰어넘는 병기임을 말했다.
“2차 대전 때 쓰였던 무기들이니 말이야. 미국의 TBF어벤저와 SBD돈틀리스 정도면 지금의 전투기들을 상대로도 싸워 이길 거야. 물론 우리에게는 보라매가 있지만 말이야.”
“모든 무기의 위력이 전과로 입증됐습니다. 우리가 최강이라는 것을 세상이 인정할 겁니다. 그 사실에서 더 이상 눈을 돌릴 수 없습니다. 정리가 되는 대로 폐하께 상신하겠습니다.”
지워진 역사에서 이름을 떨쳤던 무기였다.
그 무기의 장점을 그대로 가져다 놓은 신무기들이었다.
유럽에서 벌이는 전투의 결과가 문서로 작성되어 이희에게 전해졌다.
보고문을 받은 이희는 한 대원이 부상당했다는 사실에 미간을 좁혔다.
그리고 성혁에게 물었다.
“부상 정도는 얼마나 되나?”
성혁이 답했다.
“옆구리를 총알에 관통당했는데 이미 수술을 마치고 무사히 회복 중이라 합니다. 인질 전원은 무사히 구출됐습니다.”

"이런 대원들을 키워낸 특임대장이 대단하군. 대원들이 돌아오면 짐이 직접 훈장을 수여할 것이다."

"예. 폐하. 대원들도 큰 영예와 자부심을 느낄 것입니다."

이어 장성호에게 말했다.

"이제 독일에 대한 선전포고만이 남았군."

"예. 폐하. 그리고 이번 기회에 백성들에게도 뜻을 허락해주소서."

"의회를 열란 말인가?"

"지금만큼 좋은 기회가 없을 것이라 생각합니다. 의회 정당을 통한 정책 대결이 과해서 부작용을 낳는 경우도 있지만, 단합된 모습으로 의회가 시작된다면 잘 꿰어진 첫 단추처럼 나머지 단추도 제대로 여미어질 수 있습니다. 협력과 바른 경쟁이 이뤄져야 합니다."

그동안 의회를 준비하고 있었다.

비록 백성들을 상대로 선거를 벌이진 않았지만 조정 대신을 거쳤던 사람들을 통해서 기초적인 의회를 구성하며 언젠가 정치 전면에 나서는 순간이 오기를 기다리고 있었다.

그러면서 의회가 자칫 잘못된 방향으로 흘러가는 것을 경계했다.

미래의 정치판에선 반대를 위한 반대를 벌이고 한 정당이 정의로운 정책을 세우면 다른 정당이 불의한 정책을 세우고 국민을 현혹시키는 짓을 벌이는 일이 있었다.

그러나 그것이 두려워 언제까지 군주와 조정의 뜻으로만 정책을 세우고 전쟁을 치를 수 없었다.

군주가 현명하면 태평성대를 이루지만, 지혜롭지 못하면 나라는 단번에 망할 수 있었다.

그것을 막아내는 것이 바로 백성, 국민, 시민이었다.

백성들에게 권력이 허용되어야 했다.

일부라도 허용해서 한걸음씩 민국으로 변화시키고자 했다.

몇 대 앞선 선황제가 했던 말을 이희는 기억하고 있었다.

"정조 선황제께선 일찍이 이 나라가 민국이라고 했다. 말인즉슨 조선은 예로부터 백성들의 나라다. 비록 짐이 통치를 하고 있고, 짐이 곧 조선처럼 여겨질 것이나, 신료들이 충언을 올리고 짐이 결정하면 언제나 백성들이 그 결정을 책임지게 된다. 책임을 지고 의무를 지고 있으니 마땅히 권력이 허락되어야 할 것이다. 그러나 그 권력을 바르게 쓸 수 있도록 백성 또한 성장해야 하는 바, 짐은 그때에 이르기까지 조금씩 권력을 나눌 것이다. 그것을 통해서 함께 고민하고 함께 조선 만대의 영광 된 미래를 열 것이다. 의회를 통해 선전포고를 결정하라. 이번만큼은 짐이 결정하지 않을 것이다."

장성호가 유성혁과 함께 허리를 굽혔다.

"황은이 망극하옵니다! 폐하!"

의회로 이희의 뜻이 전달됐다.

그와 함께 백성들에게 유럽에서 있었던 일들이 전해졌

다.

신문을 읽던 백성들이 분통을 터트렸다.

"우리의 선전포고를 막으려고 이딴 짓을 벌였다고?!"

"완전히 헛짚었어! 무고한 우리 백성들을 인질로 삼다니! 독일은 반드시 죗값을 치러야 해!"

"카이저라는 놈을 심판대 위에 세워야 해!"

"옳소!"

"우리는 독일을 벌할 수 있기를 원한다!"

"와아아아아~!"

마치 시위를 하는 것처럼 고함을 질렀다.

백성들의 외침이 첫 개회를 알린 의회 건물을 흔들 정도였다.

광화문에서 남대문으로 이어지는 육조거리 끝에 용도를 알 수 없는 관청이 하나 세워졌고 거기에 국회의사당이라는 현판이 걸렸다.

의회 구성을 위해 지식인들로부터 사람을 천거 받고 옛 총리대신과 대신들이 승인했으니 그들이 곧 조선의 첫 국회의원이었다.

상원과 하원이 따로 편성되지 않은 채 오직 100명의 의원과 한명의 의장으로 의회 권력이 쓰이기 시작했음을 세상에 알렸다.

국회의사당 안에 조금 넓은 공동이 있었다.

거기에 의원들이 모여서 나무 의자에 앉아 의장이 전하는 이야기를 들었다.

국가의회 의장은 김홍집이었다.

"알다시피 독일이 우리 백성을 억류했고 지금은 무사히 구출되어 불란서에서 보호되고 있소! 그동안 우리는 서양에서 대전이 일어나는 동안에도 피난을 가지 않고 독일에서 공장을 가동하며 그곳에서 고용된 직원들의 일자리를 지켜줬소. 그리고 우리가 생산한 구호품은 불란서와 영국에도 판매되고 있었지만, 사람을 살려야 한다는 대의 아래에 독일에도 팔리고 있었고. 그런 우리에게 독일 정부가 먼저 배신한 바! 우리는 만민의 뜻을 대표하여 독일에게 선전포고 하고자 하오! 독일을 비롯한 동맹국에 대한 전쟁 선포에 관해서, 폐하께서는 의회에서 내려진 결정을 따르겠다 하시었소. 따라서 지금만큼은 우리가 대조선제국을 대표하오. 그리고 만민을 대표하오! 어떤 의견이든지 단상에서 말하고자 하는 의원이 있거든 손을 드시오! 없다면 바로 표결을 벌이겠소. 지금부터 의견 개진을 허락하겠소!"

김홍집의 외침에 한 사람이 손을 들었다.

그는 김홍집과 나이가 같은 박정양이었다.

과로로 운명했던 역사와 다르게 지금은 장수하는 이였다.

김홍집과 함께 총리를 역임했던 박정양이 단상 위에 올라서 크게 외쳤다.

"전쟁은 지양해야 할 것이나 전쟁을 피했을 때 더 큰 전쟁을 불러올 때가 있소! 이미 대전의 대세는 거스를 수 없

고 우리는 승전이라는 밥상에 숟가락 얹기요! 그러나 무엇보다 중요한 것은 조선의 무고한 백성들을 억류하고 감히 우리에게 협박 질을 한 것에 있소! 그 말로가 어떠한지 보여서, 불의에 대한 응징을 보이고 대조선제국의 안위를 지킬 것이오! 감히 우리 백성들을 건드리지 못하게 세상 모든 나라에게 경계를 보일 것이오! 마땅히 독일에 선전포고해야 하오!"

"옳소!"

"전쟁을 선포합시다!"

흥분한 의원들이 주먹을 불끈 들어 보이면서 크게 외쳤다.

박정양에 이어서 이번에는 민씨 가문의 사람이 단상 위에 올라섰다.

그는 민영달로 조정에서 내부대신을 맡은 적 있었다.

그가 의원들을 상대로 소리쳤다.

"누군가에게 맞았다면, 보복하지 않고 경찰에 신고해야 하오. 그러나 외교에서만큼은 경찰이 없으니 우리가 직접 처벌해야 하오! 우리의 전쟁은 정의로운 전쟁이오! 내 자식 또한 마땅히 전쟁터로 보낼 것이오!"

"우리도 마찬가지요!"

의원들의 뜻이 하나로 모아졌다. 표결은 해보나마나였다.

그러나 정확한 절차를 밟기 시작했다.

독일을 비롯한 동맹국에 대한 전쟁 선포에 관해서 찬반

을 나타내는 빈칸이 새겨진 표결지가 모든 의원들에게 나뉘었다.

의원인 만큼 공개 표결로 도장을 찍고 투표함에 표결지를 넣은 뒤 제자리로 돌아갔다.

이후 국회의사당 직원들이 나와서 모든 의원들이 보는 앞에서 투표함을 열었다.

결과를 확인하고 김홍집이 크게 외쳤다.

"총 의원 수 100명! 출석 100명! 결석 0명! 찬성 100명, 반대 0명으로 동맹국에 대한 전쟁 선포가 만장일치로 가결되었소!"

"만세!"

의사봉을 두들기는 소리와 함께 모든 의원이 팔을 들며 완벽한 승전을 기원했다.

표결 결과가 문서로 작성되고 그것을 이희가 받아서 내용을 확인했다.

이희는 붓으로 먹물을 묻힌 뒤 전쟁 선포 문서에 수결을 새겨 넣었다.

그 위로는 조선 황실과 정부를 상징하는 국새가 차례대로 장 자국을 남겼다.

이희가 김인석에게 선전포고문을 넘겼다.

"이것을 독일 공사관으로 전하라."

"예! 폐하!"

그리고 몸을 일으켜 세웠다.

협길당에서 나가 근정전으로 향하며 조정대신들을 대전

으로 불러들인 뒤 신문기자들을 대기시켰다.

그리고 사람들이 보는 앞에서 직접 쓴 첩지를 펼치고 읽기 시작했다.

그 안에 조선을 대표하는 이로서 세상에 선포하는 내용이 담겨 있었다.

모든 사람들이 기다렸던 순간이었다.

세상은 전쟁을 요구하지만 화평은 백번 말해도 지당하다!

짐 또한 그것을 부정하지 않을 것이다! 그러나 그것을 소망하기만 한다고 평화가 지켜지지 않는다! 당연히 군사력을 보유함으로써 탐욕에 물든 무리에게 두려움을 줘야 지킬 수 있다!

힘이 없으면 나라와 백성을 잃을 것이요, 적이 두려워하지 않으면 나라와 백성에게 해를 입힐 것이다! 그 두려움은 오직 일벌백계로만 이뤄진다! 용서와 화해는 그 후에 행하여도 늦지 않다!

짐은 조선과 만민뿐 아니라 만대 후대까지 지키기 위해서 잘못을 저지른 자들에게 반드시 책임을 묻고 응징할 것이다!

하여, 독일을 비롯해 오스트리아헝가리와 오스만투르크, 불가리아로 이뤄진 동맹국들에게 전쟁을 선포하는 바다!

선전포고가 이뤄진 직후 대신들이 크게 외쳤다.
“대조선제국 만세! 대조선제국 황제 폐하 만세!”
“만세! 만세! 만세!”
당당한 걸음으로 이희가 근정전에서 퇴전했다.
그의 결연한 얼굴과 뒷모습을 신문기자들이 사진기로 사진을 찍으며 호외를 내기 시작했다.
신문사에서 일하는 아이들과 청년들이 크게 외쳤다.
“호외요! 호외! 우리나라가 독일 동맹국들을 상대로 전쟁을 선포했어요! 호외요! 호외!”
사람들이 급히 신문을 사 읽기 시작했다.
그리고 신문을 읽으면서 주먹을 불끈 쥐었다.
“드디어!”
“독일 놈들을 상대로 폐하께서 전쟁을 선포하셨어!”
러시아와의 전쟁에 이어 통쾌한 승리를 거둘 것이라고 예감했다.
조정은 급히 전시 체제로 바뀌기 시작했다.
러시아와의 전쟁이 종전 된지 2년 지나지 않았을 때였다.
부대 재배치가 이뤄지는 동안 성혁에게 신문과 보고문이 함께 전해졌다.
그의 곁에 장성호가 있었다.
“일본과 중화민국도 우리와 마찬가지로 선전포고했습니다. 새로 정부를 구성한 티벳, 위구르, 초나라와 유구국까지, 우리와 외교 관계가 밀접한 나라들이 함께 싸우기로

했습니다. 그리고 병력 지원을 요청하면 1개 대대부터 1개 군단까지 지원하겠다 합니다. 중화민국은 청도를 공격할 태세입니다."

"독일에게 빼앗겼던 것을 이번에 되찾겠군."

"예. 특무대신."

"다른 소식은?"

"지금 확인 중에……."

성혁이 끝말을 흐렸다.

외부에서 들어온 정보가 하나 있었다.

썩 좋지 않은 소식에 그것을 보면서 눈에 힘이 들어갔다.

군부로 정보국의 관리가 들어왔다.

"특무대신."

"무슨 일인가?"

"부국장님의 보고입니다. 아라사에서 첩보가 들어왔습니다. 임시 수반을 맡고 있던 케렌스키 정권이 붕괴했습니다."

"……."

"레닌이라는 자가 새로운 정권의 수장이 되었습니다."

보고를 받고 장성호가 고개를 끄덕였다.

"알겠네. 돌아가서 또 다른 첩보가 들어오면 알려달라고 전하게."

"예. 특무대신."

관리가 인사를 하고 정보국으로 돌아갔다.

함께 보고를 들은 성혁이 한숨을 쉬었다.

천심이 만드는 미래를 바꿀 수 없었다.

"결국 레닌이 소비에트 정권을 세웠습니까……."

"뭔가의 계기로 인해서 세워지는 것이 아니라 러시아 국민들의 뜻으로 세워진 거니까. 조만간 반대파와 공방을 벌이다가 결국 소련을 세우게 될 거야."

"일단은 독일전에 집중해야 할 것 같습니다. 빠르게 전쟁을 끝내는 것만이 최선이라 여겨집니다. 전략을 구상해서 말씀 드리겠습니다."

"그리하게. 그리고 이번에는 소수의 병력만으로 충분할 거야. 머릿수를 채워줄 나라가 많으니까 말이야. 결정적이되 우리의 총력전이 되어서는 절대 안 돼."

"예. 특무대신."

1917년 10월이었다.

황실이 무너지고 임시정부를 세웠던 러시아가 결국 공산과 평등이라는 이념에 집어삼켜졌다.

그 뒤로 세상이 어떻게 변할지 두 사람은 알고 있었고 애써 그런 비극을 막으려 하지 않았다.

그것은 겪어봐야 아는 것이었고 그것이 거짓이라는 것을 빠르게 알아차리도록 만드는 것이 중요했다.

사람 몇 명을 죽인다고 해서 절대 피할 수 있는 운명이 아니었다.

그저 유럽에서 치러야 하는 전쟁에 최선을 다하고자 했다.

* * *

독일과 동맹국들에 대한 선전포고가 빌헬름 2세에게 전해졌다.

"뭐라고…? 조선이 전쟁을 선포했다고……?"

"예… 폐하……!"

"기어코 우리와 전쟁을 벌이겠다는 것인가?! 놈들의 전력은 얼마나 되나?!"

"자세하게 파악된 것은 아니지만 모든 전력을 동원하는 것은 아닌 걸로 알고 있습니다! 어쩌면 유럽에 주둔하고 있는 부대로만 협상국에 가담할 수도 있습니다! 육군은 1개 군단입니다!"

"그나마 불행 중 다행인 것인가?! 이번만큼은 반드시 놈들의 진격을 막아야 한다! 알겠는가?!"

"예! 폐하!"

힌덴부르크로부터 보고와 대답을 듣고 반드시 전쟁에서 이겨야 한다고 말했다.

조선이 총력전을 벌이지 않는다는 것이 그나마 다행이었다.

그 사실에 영국과 프랑스는 다소 불만을 가졌다.

미국이 독일과 동맹국을 상대로 총력전을 벌이기로 했다.

그것은 곧 병기의 생산량을 최대한으로 끌어올리는 것이다.

성한이 뉴욕에서 포드로부터 전화를 받았다.

—M1전차 주문이 많이 들어왔습니다. 덕분에 공장을 더 건설할까 생각 중입니다. 독일에 억류되었던 우리 직원들이 고려군에게 구출되어서 다행입니다.

"미국과 고려가 서로에게 든든한 동맹이라는 사실이 기쁩니다. 정계 사람들에게도 그렇게 말씀해주십시오."

—알겠습니다. 좋은 소식이 있으면 다시 연락하겠습니다.

포드모터스뿐 아니라 성한이 소유하고 있는 회사로 군함과 항공기, 군수품에 관한 주문이 밀려들었다.

그것을 통해서 성한의 주식은 다시 곱절로 올랐다.

이른 바 전쟁 특수였고 미국 경제가 활황기처럼 돌아가기 시작했다.

그러나 성한은 그런 것보다 다른 것이 더욱 소중했다. 그것은 가족이었다.

"무소식이 희소식이라지… 제발 아무 일 없어야 할 텐데……."

프랑스에 가 있는 지연을 걱정했다. 편지를 보냈지만 아직 답장이 없었다.

제해권을 협상국이 장악하고 있었지만 독일 해군의 분전은 계속 이어지고 있었다.

U보트가 여전히 수면 아래에서 먹잇감을 찾았고 유틀란트 해전에서 살아남은 독일 해군 전함들이 있었다.

선전포고가 이뤄지면서 조선 해군 연합 전단이 협상국 함대에 합류했다.

영국 대함대가 함대의 주력을 맡고 있었고 척 수로 보나 배수량으로 보나 부족한 조선 해군이 보조를 맡고 있었다.

적어도 사람들은 그렇게 생각하고 있었다.

영국 함대 장병들이 함께 기동하는 조선군 함대를 보면서 이야기 했다.

"우리 함대에 비하면 몇 척 안 되는구만. 크기도 작고 말이야."

"그래도 무시하면 안 된다고 들었어. 저기 보이는 함포의 사정거리가 상당한 것으로 알고 있어."

"그래봤자 5인치 함포야. 일본이나 러시아를 상대하는 것이라면 모르겠지만 드레드노트에겐 절대 안 통해. 두꺼운 장갑을 5인치 함포탄 따위가 어떻게 뚫을 수 있겠어? 우리에게 덤볐다면 단숨에 전멸이야. 세상의 어떤 군함도 우리 군함을 상대로 이길 수 없어."

5대양을 제패한 해군으로서의 자부심을 드러냈다.

비록 대전 기간 동안 독일 해군을 상대로 싸우다가 피해를 입었지만 대세는 여전히 영국 해군에게 있었고 영국 해군 장병들도 그 사실을 정확히 알고 있었다.

때문에 함포가 작은 조선군 연합 전단을 무시했다.

그들 앞에 함포전을 주력으로 삼지 않는 특이한 군함들이 있었다.

"저게 무슨 군함이랬지?"

"항공모함."

"항공모함?"

"전투기를 가득 실어다가 이륙시키는 구함이라고 들었어. 봐. 지금도 이륙하고 있잖아. 독일 해안을 정찰하려고 하나봐."

"정찰이 아닌 것 같은데?"

"뭐?"

"몇 기만 이륙하는 게 아니야. 계속해서 이륙하고 있어. 편대 비행을 하는 게 뭔가 느낌이 이상해. 놈들이 마치 전투를 벌이려는 것 같아. 갑자기 뭔가 분주해졌어."

비행갑판을 채운 함재기들을 가리키면서 영국 수병이 말했다.

영국 대함대를 지휘하는 제독인 '데이비드 비티'가 충무공이순신함을 포함한 항공모함 전단의 움직임을 보고 있었다.

드레드노트함의 함교에서 영국 통신병이 무전교신을 했다.

—드레드노트, 드레드노트. 여기는 고려 해군 연합 전단 기함.

"여기는 드레드노트."

—예정대로 선공을 위해 함재기를 출격시켰다. 아군 항공모함 전단을 호위 바란다.

"수신."

통신병의 기록지가 통신장에게 전해지고 이내 비티에게

교신 문서가 전해졌다.

함께 문서를 보던 참모장이 비티에게 말했다.

"놈들에게 무전기가 있을 줄은 정말 몰랐습니다."

"그러게 말일세."

"우리에게 이제야 겨우 무전기가 보급되고 드레드노트에 탑재되었는데… 예전부터 무전 교신으로 함대 지휘를 벌여왔다니… 그리고 항공기로 적 함대를 궤멸시키겠다고 하는데 가능하겠습니까?"

"두고 봐야 알겠지. 하지만 만약 200킬로미터나 떨어져 있는 적 함대를 궤멸시킨다면 어쩌면 세계 최강의 함대는 고려군이 될 수 있네. 우리는 기껏해야 교전거리가 20킬로미터에 불과할 테니 말이야. 사정거리 차이가 10배 이상이면 승패는 보나마나일세."

심호흡을 하면서 비티가 다시 말했다.

"나는 우리가 이기는 것보다 고려군의 완벽한 승리가 두렵네. 우리가 볼 수 없는 세계에서 전투를 치르는 것이니까. 이번 전투에서 고려 해군의 실체를 보게 될 것이네."

U보트를 쉽게 격침시켰다는 말들이 있었다.

그 사실이 믿어지지 않았고 동시에 정말 사실인지 궁금했다.

처음으로 대면하는 조선군 함정들의 정확한 전력과 싸우는 방식이 알고 싶었다.

영국군과 함께하는 조선군은 함포를 아끼고 토해내듯이 함재기들을 이륙시켰다.

4기씩 'A'형태의 편대 비행을 벌이고 다시 4개 편대씩 똑같은 형태로 비행대대를 구성했다.

보라매가 선봉을 맡아 남쪽으로 진격을 벌였다.

그리고 남쪽 하늘을 수놓는 벌떼를 조종사들이 확인했다.

보라매들 사이에서 무전 교신이 이뤄졌다.

—독일 육군항공대입니다!

—기동성이 떨어지는 삼엽기다! 하지만 방심하지 마라! 눈먼 총알에 맞을 수도 있으니까! 고기동을 벌이면서 놈들의 사각지대에서 기관포를 쏴라!

—알겠습니다!

—절대 꼬리를 내어주지 마라!

해안선에 접한 하늘이었다.

항공모함에서 출격한 보라매들과 독일육군항공대의 삼엽기가 뒤섞이기 시작했다.

삼엽기의 조준선에서 보라매들이 순식간에 빠져나갔고 360도 기동을 벌이면서 삼엽기들을 당황시켰다.

무엇보다 보라매가 압도적인 것이 있었다.

그것은 가속력으로 삼엽기의 앞에서 순식간에 거리를 벌릴 수 있었다.

압도적인 가속도로 사선에서 거리를 벌리고 고기동으로 짧은 시간에 탈출 가능했다.

그리고 매가 먹이를 낚아채듯 고공에서 저공으로 공격할 수 있었다.

강력한 엔진 추력에 중력가속도를 붙여서 빠르게 적기의 곁을 지나갔다.

보라매가 수직 낙하하면서 지나가자 총격을 받은 독일 조종사가 죽고 삼엽기가 연기를 내면서 조각조각 흩어졌다.

이내 독일군 조종사들 사이에서 비명소리가 채워졌다.

"안 되겠어!"

"어떻게 저런 기동을 벌일 수 있지?!"

"놈들의 기체가 너무나도 뛰어나!"

"후퇴! 후퇴! 전기 후퇴하라!"

독일 항공대 단장이 조종석 밖으로 손짓을 했다.

그러나 그 손짓을 볼 수 있는 조종사는 거의 없었다.

하늘에서 덧없는 죽음이 찾아들었다.

이를 연안 방어에 나선 독일 해군 장병들이 목격하고 있었다.

보라매가 하늘의 제왕으로 즉위하는 것을 지켜보고 있었다.

소총과 기관총으로 하늘을 향해 쐈지만 소용이 없었다.

하늘에서 떨어진 삼엽기가 독일 전함으로 떨어지고 있었다.

"피해라~!"

"우와!"

쾅! 하는 소리와 함께 격추된 삼엽기에 장병들이 쓸려나가면서 숨졌다.

그때 수평선에서 항공기들이 모습을 드러내 견시수와 함께 있던 관측 장교가 크게 외쳤다.

"북쪽 해상에서 적기 출현! 단엽기입니다! 고려의 전투기입니다! 해수면을 따라서 옵니다!"

독일 해군 함대의 제독 해전지휘부장인 '라인하드 세어'가 명령했다.

"정보에 의하면 해수면을 따라서 오는 놈들의 항공기가 어뢰를 투하한다고 한다! 절대 접근을 허락해서는 안 된다! 함포를 쏘고 소총과 기관총으로 화망을 구성해라!"

"서쪽 해상과 고공에서도 옵니다!"

"똑같이 응전해!"

"예! 제독!"

명령을 내림과 동시에 불안감이 엄습했다.

'대체 놈들이 어디서 항공기를 이륙시킨단 말인가?! 있을 수 없는 일이다!'

그때만 하더라도 정보기관을 통해서 얻은 어뢰 공격만을 생각했다.

고공에서 날아오는 것은 보라매를 돕기 위한 전투기라고 생각했다.

그러나 절대 전투기가 아니었다.

독일 해군 함정들의 머리 위에서 조선군 항공기들이 수직 낙하했다.

참매 급강하폭격기가 굉음을 일으켰다.

기체 하부에서 떨어진 폭탄이 독일 전함 포탑 근처로 박혀 들어갔다.

쿵! 하는 소리와 갑판에 큰 구멍이 생겼고 포탑 아래의 수병들이 넘어졌다가 일어나면서 웅성거렸다.

뚫린 천장과 바닥을 보다가 포탄과 뒤섞인 폭탄을 보게 됐다.

“이런!”

“타…탈출해!”

“우왁!”

콰쾅!

폭격을 맞은 전함의 함수가 들렸다.

직후 두 쪽으로 쪼개지면서 함체가 기울어졌다.

참매들이 계속해서 급강하 폭격을 벌였고 대공포를 미리 탑재하지 못한 독일 전함들은 일방적인 피해를 입으며 검은 연기를 피워 올리기 시작했다.

세어에게 참모장이 다급히 외쳤다.

“아군 전함이 침몰하고 있습니다! 적기가 하강하며 폭탄을 투하하고 있습니다!”

“명중이 안 되도록 회피 명령을 전해! 어서!”

“이미 회피하고 있습니다! 맙소사! 적기가 어뢰를 투하했습니다!”

“……?!”

세상에 그런 전투를 치른 적이 없었다.

급강하 폭격을 벌이는 조선군 전술기들을 피하다가 해수면을 따라서 오는 항공기들을 완전히 놓쳤다.

어뢰를 투하한 해상초계기들이 왔던 방향으로 기수를 돌렸다.

북쪽과 서쪽에서 투하된 어뢰들은 직각으로 교차하려는 듯이 독일 해군 함대에게 포말로 그물망을 짰다.

그 수만도 보이는 것만 수십발이었다.

그로써 독일 장병들이 자신들의 운명을 직감했다.

달려오는 어뢰를 보면서 독일 함대 참모장이 크게 외쳤다.

"피할 수 없습니다!"

"퇴…퇴함! 퇴함하라!"

콰광!

"크악!"

어뢰에 피격된 전함의 측면에서 폭발이 일어났다.

큰 구멍이 생기고 그 안으로 바닷물이 밀려들어갔다.

거대한 함체가 조금씩 기울어지다가 반쯤 물에 잠긴 갑판으로 다시 어뢰가 닿았다.

폭발이 일어나면서 갑판에 매달려 있던 수병들이 날아갔다.

바다 위 곳곳에서 폭발이 일어나고 있었다.

"어떻게 이런 일이……!"

기울어진 함교에서 쉐어가 머리에 피를 흘리면서 창밖을 바라봤다.

창문 너머에서 폭발을 일으키는 전함들이 보였다.

그것을 보면서 쉐어는 독일 해군이 끝장났다는 것을 알

게 됐다.
적은 보이지 않는데 아군 함대만 일방적으로 터지고 있었다.
그의 팔을 붙든 참모장이 크게 외쳤다.
"기함이 가라앉고 있습니다! 퇴함하셔야 됩니다!"
참모장의 외침에 쉐어가 고개를 저으면서 거부했다.
"함대 장병들이 남아 있는데 어떻게 나부터 퇴함할 수 있는가?! 참모장은 내가 아니라 수병들부터 퇴함시켜라!"
"제독!"
"내 명을 따라! 어서!"
쉐어의 지시에 참모장의 눈동자가 떨렸다. 곧 참모장이 고개를 끄덕였다.
"알겠습니다!"
그러나 두 사람이 아우성치는 장병들을 구할 수 없었다.
굉음과 함께 쉐어와 참모장이 있는 함교로 폭탄이 떨어졌고 폭발과 함께 독일 해군 함대의 머리가 사라지게 됐다.
지휘체계가 무너진 독일 해군은 더욱 처참한 모습으로 피해를 입기 시작했다.
5척이 넘는 전함이 어뢰에 피격되면서 침몰했고 나머지 전함은 반파되거나 포탑 일부가 폭격에 날아가는 피해를 입게 됐다.
10여 척에 이르는 보조함들도 폭격과 어뢰 공격을 받으면서 바다 속으로 가라앉았다.

바다에 빠진 장병들을 겨우 살아남을 구축함의 장병들이 건져서 올렸다.
내려진 그물 줄을 잡고 허우적거리던 거리던 수병들이 고개를 돌려서 뒤를 봤다.
그들은 독일 해군을 상징하는 순양전함이 가라앉는 것을 목격했다.
"자이들리츠가……."
"스카게라크에서도 살아남았던 자이들리츠가… 어떻게 이런 일이……."
영국 대함대와 전투를 벌이고도 살아남았던 순양전함이 가라앉았다.
살아남은 장병들은 독일 해군이 무너지고 있다는 사실을 알게 됐다.
그때 북쪽과 서쪽에서 다시 항공기들이 나타났다.
"끝났다……!"
2차로 출격한 해상초계기와 급강하폭격기가 독일 해군 함대의 머리 위에서 날았다.
그리고 10시간가량이 지났다.
독일 연안으로 협상국 함대가 진격했고 수많은 부유물들이 바다 위를 떠다니고 있는 것을 보았다.
찢겨진 독일 해군기가 건져져서 드레드노트에 타고 있던 비티의 손에 들렸다.
그것을 보고 비티가 굳은 표정을 지었다.
"정말로 고려군이 독일 함대를 궤멸시켰단 말인

가……?"

"그런 것 같습니다……."

"장갑을 두껍게 하고 그것을 뚫어내기 위해 거대한 함포로 멀리서 쏘는 것만 생각했는데… 이런 식으로 적의 대함대를 궤멸시키다니… 항공모함이라는 군함이 이런 식으로 쓰인다면 우리도 빨리 보유해야 해. 그렇지 않으면 고려에게 우리 바다를 빼앗기게 될 거야."

"예. 제독……."

"돌아가면 우리가 본 것들을 제대로 알려야 해."

"예."

조선군에게 해상에서 역전 당했다는 사실이 믿어지지 않았다.

그것을 인정하기 싫다고 해서 그저 항공기를 이용한 특이한 전술을 사용했다고만 말할 수 없었다.

대다수 장교들이 함포전을 벌이지 않고 치사하게 항공전력으로 상대했다고 조선군을 비하할 수 있어도, 비티를 비롯한 대함대 지휘부만큼은 절대 그래서는 안 됐다.

그랬다간 정말로 영국이 조선에게 바다를 빼앗길 수 있었다.

그렇게 생각하면서 돌아가서 조선군이 어떤 전력을 갖췄는지 제대로 알려야 된다고 생각했다.

조선군 연합 전단과 교신을 이루고 영국 대함대 참모장이 비티에게 보고했다.

"고려 해군 연합 전단의 알림입니다! 적 잔존 함대는 빌헬름스하펜으로 피항한 상태이며, 출항 가능성이 보이지 않는다고 합니다! 고려 해군 전투기가 제공을 맡을 테니 마음 놓고 독일 해안선을 포격하라고 알렸습니다!"

보고를 받고 비티가 명령을 내렸다.

"유틀란트에서 희생당한 전우들의 복수를 벌인다! 적진으로 함포탄을 포격하라!"

"예! 제독!"

12인치 구경의 함포가 독일 북쪽 해안으로 조준되고 이내 포성을 일으키면서 포탄을 쏘아 날리기 시작했다.

원양이 봉쇄된 상태에서 연안만큼은 반드시 지키던 독일 해군이 무너졌다.

결국 영국을 중심으로 한 협상국 전함의 본토 포격을 허용하면서 독일군이 크나큰 충격에 빠졌다.

* * *

독일 전군의 사기가 주저앉았으나 영국 육군은 그것을 이용할 줄 몰랐다.

'탱크'라 불리는 영국 전차가 독일군의 참호를 향해서 진격했다.

그 뒤를 따라 영국 보병들이 움직였다.

"간격 좁혀! 옆으로 노출되면 벌집이 된다! 절대 대열을 흐트러뜨리지 마라!"

"탱크에서 떨어지지 마라!"

차체 전체를 궤도가 감싸는 형태였다.

땅을 따라 흐르는 큰 궤도 뒤에서 영국 보병들이 움직였고 독일군이 기관총으로 총격을 가하면서 탱크 옆으로 노출된 영국군을 사살했다.

두꺼운 철판으로 제작된 탱크는 절대 총탄에 뚫리지 않았다.

차체 측면에서 움직이는 포탑을 움직였고 총격을 가하는 독일군을 향해서 포성을 일으켰다.

포격 받던 독일군이 반격을 가했다.

슈웅~!

"포격이다! 엄폐!"

쾅!

"크악!"

포탄이 떨어지면서 영국 보병이 피해를 입었다.

그와 함께 전진하던 탱크가 피격되면서 불타올랐고 일부 탱크는 참호를 건너다가 궤도가 끊어지면서 제자리에 멈췄다.

어쩔 줄 모르는 영국 병사들에게 독일군이 총격을 먹이고 탱크의 뚜껑을 열면서 안에 수류탄을 까 넣었다.

그로 인해 안에 타고 있던 영국 기갑병들이 폭사했다.

참호를 뚫을 용도로 쓰였지만 많은 수의 탱크가 허망하게 고장을 일으켰다. 그중 일부는 독일군에게 노획되었고 약간의 개조를 통해 영국과 프랑스의 참호를 뚫는 데에 쓰였다.

참호를 건넌 독일의 탱크가 포성을 일으켰다.

따라 들어온 독일군이 영국의 진지를 점령했고 그곳에서 수많은 사상자가 발생했다.

후방의 의무대에서 비명 소리가 일어났다.

"으윽… 윽……!"

"살려줘……!"

팔 다리가 끊어진 부상병들이 괴로워하고 있었다.

그 앞에서 한 여인이 목소리를 높였다.

그녀는 수술복을 입고 있는 검은 머리의 동양 여성이었다.

"지혈은요?!"

"줄로 단단하게 묶어서 극심한 출혈은 막았습니다!"

"항생제를 놓아서 세균 감염을 막고 장기 파열이 의심되는 환자들부터 보내주세요! 어서요!"

"알겠습니다!"

지연이 의사들에게 지시했다.

시선을 돌리자 김신과 분주히 움직이는 조선인 의사들이 보였다.

그들 모두는 김신과 미래에서 온 의사들을 통해 실력을 기르고 명의가 되어 있는 의사들이었다.

자신 또한 피부색이 다른 제자들을 거느리고 있었다.

복부에 총상을 입은 병사가 사경을 헤매고 있었다.

그를 수술대 위에 눕히고 수술하려고 할 때 절친한 사이인 것 같은 병사가 천막 안으로 들어와서 난동을 부렸다.

그는 지연을 신뢰하지 않고 있었다.

“여자가 칼을 잡고 수술을 벌인다고?! 내 친구를 죽이려고 작정했군!”

“나가시오! 어서!”

“비켜! 백인 여자도 아니고 식민지 동양 원숭이 년이 뭘 하겠다는 거야! 당장 군의관을 바꿔! 이러니 미국이 미개하지!”

영국 병사의 난동에 참지 못한 군의관이 결국 주먹을 날렸다.

“큭!”

백인 군의관이 영국 병사를 노려보면서 한 마디 했다.

“우리 조국을 욕보이지 마라! 제국주의자 놈! 네놈이 망발을 한 분이 바로 미국 최고의 명의시다! 친구를 살리고 싶으면 그 입 다물고 나가 있어!”

“뭐라고…! 이익!”

인성이 터진 영국 병사가 벌떡 일어나서 미국 군의관에게 달려들려고 했다.

그때 그의 몸을 붙잡는 팔이 있었다.

그 팔은 너무나도 우람해서 어느 누구도 그 힘을 이길 수 없었다.

동현이 영국 병사의 몸을 붙잡고 끌고 나갔다.

“놔! 놓으라고! 크악!”

“수술 중이니까 나가서 기다려요. 그래야 친구가 살 수 있으니까. 계속 시끄럽게 굴면 이 없이 스프만 먹게 될 거예요."
"익!"
"어허."
뿌득!
"악!"
육중한 팔에 몸이 조여지자 영국 병사가 비명을 질렀다.
그 모습을 보고 사람들이 공포를 느꼈다.
인종을 구분 짓지 않고 괴물 같은 근육을 가진 동현을 두려워했다.
병사를 붙잡고 나가면서 동현이 지연에게 윙크를 했다.
그러자 지연이 미소를 보이면서 고마움을 전했다.
거품을 문 영국 병사는 수민이 보살피면서 간호사로서의 의무를 다했다.
지연이 수술에 집중했다.
"살릴 사람이 많으니 빨리 끝냅시다."
"예! 교수님!"
빠르고 정확한 손놀림으로 배를 가르고 출혈 부위를 찾았다.
그리고 파열을 일으킨 장기를 잘라내고 신속히 지혈을 이뤄냈다.
한시간이 지나 수술을 마친 부상병이 병동으로 쓰이는 천막의 침상에 뉘였다.
그곳에서 신음을 내뱉으며 의식을 찾았다.
"으윽……!"

어렸을 때부터 함께 해왔던 친구가 눈물을 흘렸다.

"데이비드! 데이비드! 맙소사……!"

"폴……?"

"그래! 나야! 알아보겠어?!"

"그래……."

"정말 살아줘서 고마워! 크흐흑…! 흐흑……!"

친구이자 전우의 생환에 병사가 기뻐했다.

그 모습을 주위 사람들이 지켜보고 있었다.

희극과 비극이 섞인 병상에서 적어도 죽음의 문턱에서 돌아온 부상병들과 그의 전우들은 더 이상 지연과 동양계 의사와 간호사들을 무시하지 않았다.

사람을 살리겠다는 그들의 숭고한 의지를 존중하기 시작했다.

한편 협상국의 피해가 계속해서 늘어만 갔다.

탱크라 불리는 영국제 마크 전차가 고장 나고 포획된 전차가 도리어 영국군을 공격하는 사태가 벌어지기 시작했다.

동시에 독일 또한 탱크와 비슷한 전차를 생산해서 협상국의 참호를 넘어서기 시작했다.

그에 관한 보고가 런던으로 전해졌다.

조지 5세가 신임 영국 총리로부터 보고 받았다.

신임 총리의 이름은 '데이비드 로이드 조지'로 드워포의 백작이었다.

"우리 전차가 이렇게 약할 수가 있단 말인가?!"

조지 5세의 물음에 로이드조지가 차분히 대답했다.

“충격을 방어하는 데에는 문제가 없지만 기계적인 신뢰성이 여전히 부족한 상태입니다. 크게 충격이 가해졌을 때 바퀴 역할을 하는 궤도가 이탈하는 문제가 가장 많은 것으로 알고 있습니다.”

“고려 놈들도 전차를 운용하고 있지 않는가? 놈들의 전차는 멀쩡하고 우리 전차만 이 꼴이란 말인가?”

“아무래도 궤도에 완충장치가 있는 듯합니다. 기술자들을 통해서 알아보고 있습니다. 프랑스 기술자들의 도움을 받으려고 합니다. 프랑스에 고려의 기갑 부대가 주둔 중입니다.”

보고서에 영국 전차와 조선의 전차의 형태가 그림으로 그려져 있었다.

영국 전차의 포탑은 차체 전체를 감싸는 궤도 사이의 공간에 양 측으로 포탑이 옆으로 탑재되어 있었다.

그에 반해 조선의 전차는 차체 아래에서 궤도가 굴러가고 차체 위에 포탑이 얹어져 있는 형태였다.

그리고 포신 또한 길고 구경 또한 커 보였다.

탱크는 한쪽의 포탑이 반대편을 조준할 수 없었고 맹호는 포신 하나로 사방을 조준하고 포격할 수 있었다.

누가 보더라도 어떤 전차가 나은지 단번에 알아볼 수 있었다.

동 수의 육군이 맞붙는다면 영국 육군이 조선 육군에게 박살날 것이 눈에 뻔히 보였다.

한 문서를 보고 조지 5세가 로이드조지에게 물었다.

"이건 또 무엇인가?!"

"고려의 새로운 무기입니다."

"신형 전차인가?!"

"야포입니다."

"뭐라고?!"

"전차처럼 사방을 장갑으로 보호하고 궤도로 움직일 수 있는 야포입니다. 그들 말로는 자주포라고 말했습니다. 제식명은 천둥 오식이라고 합니다."

"어떻게 신무기가 끊임없이……."

"고려의 기술과 생산력이 절정에 이르렀습니다. 유럽의 어떤 나라와 견줘도 부족하지 않을 겁니다. 현재 대영제국에 가장 위협적인 나라가 될 것이라 예상하고 있습니다."

"……."

예전부터 그렇게 될 수도 있을 것이라고 생각했지만 그 실체가 너무나도 빨리 모습을 드러냈다.

조선이 끊임없이 성장해 영국의 국위를 압도하기 시작했다.

무엇보다 국위의 핵심이 되는 군사력에서 영국이 강세를 보이던 영역을 먹어치우기 시작했다.

독일이 억류한 인질을 구할 때 전무한 피해로 독일군의 참호를 그대로 뚫고 들어갔고, 해상에서는 그 무서운 U보트를 사냥하며 항공모함이라 불리는 신형 군함에서 함재기를 이륙시키고 독일 함대를 완전히 궤멸시켜 놓았다.

그 모든 전과들이 믿어지지 않았다.

그리고 조선에 버금가는 나라가 하나 더 있다는 사실을 알게 됐다.

그 나라 또한 영국의 국위를 위협할 수 있는 나라였다.

"미국이 전차 부대를 파병했다고?!"

"예. 폐하. 전선에서 진격 준비를 마치면 고려군과 함께 동진을 벌일 겁니다. 아군은 뒤를 따르기로 했습니다."

"어떻게 짐의 대영제국군이 놈들에게 선봉을 내어준단 말인가?! 이 치욕을 절대 잊어선 안 될 것이다! 크윽!"

책상을 주먹으로 내려치면서 로이드조지에게 말했다.

"전투 과정을 잘 살피고 놈들이 운용한 무기들을 철저히 분석해서, 보다 뛰어난 무기를 반드시 개발해야 할 것이다!"

"예! 폐하!"

받아들이기 힘든 현실을 받아들였다.

유럽에서 일어난 대전의 주인공을 미국과 조선에게 넘기게 됐다.

주인공은 마지막에 등장하는 법이었다.

미국 동부 항구도시에서 출항한 화물선들이 영국 함대의 호송을 받으면서 프랑스 항구 도시에 도착했다.

'셰르부르'라고 불리는 프랑스 북쪽 항구도시에 정박한 화물선에서 M1이라 불리는 전차가 하역되고 그것을 프랑스 장병들이 지켜보고 있었다.

이미 프랑스군에게 맹호라 불리는 전차가 공개된 상황이

었다.
맹호 전차와 M1전차는 매우 유사한 형태를 보였다.
그것을 알고 장병들이 서로 이야기를 했다.
"저 전차도 빠르겠지?"
"아마도?"
"맹호보다 포신이 조금 작은 것 같은데, 그래도 영국 놈들의 쓰레기 탱크보다는 강할 거야. 어떻게 고려도 그렇고 미국도 저런 무기를 개발해뒀을까? 우리는 어째서 저걸 생각 못했는지 이해가 안 돼. 저런 무기가 있었다면 전쟁이 빨리 끝났을 거야."
줄지어 화물선과 부두의 다리를 건너는 전차를 보면서 기대했다.
그리고 화물선에 영어로 쓰여 있는 'DAEHAN'이라는 단어를 주목했다.
창업된 지 어언 20년이 지나 이제는 서방 세계를 주름잡는 세계 최고의 해운사였다.
미국 국방부와 계약해 미군의 전쟁 수행을 돕고 있었다.
협상국과 동맹군이 공방을 벌이는 서부 전선 후방에서 미국 원정군 사령관과 조선 원정 군단인 1군단장이 만남을 이뤘다.
계급은 달랐지만 서로를 동등하게 여겼다.
"미합중국 원정군 사령관 대장 존 조지프 퍼싱이오."
"대조선제국 육군 1군단장 부장 박승환이오."
"장군의 무용담은 저번 인질 구출로 인해서 알게 되었

소. 이렇게 만나게 되어서 참으로 반갑소. 앞으로 연합군을 이루게 되어서 영광이오."

서로가 서로에 대한 정보를 알고 있었다.

한 사람은 스페인과의 전쟁에서 공적을 기록한 영웅이었고, 또 한 사람은 러시아와 독일군을 상대로 빈틈없는 작전과 전투를 치른 명장이었다.

그 명장 아래에 다른 명장들이 따르며 군을 지휘하고 있었다.

근위 1사단을 지휘하는 안중근과 그 아래에서 1기갑여단을 지휘하는 신태호가 있었다.

그리고 3전차중대를 지휘하는 지석규가 있었다.

그들 모두는 만인의 귀감이 될 수 있을 정도로 모범을 보이고 선두에서 군을 지휘하는 자들이었다.

그들의 용기와 의지를 돕는 무기들이 퍼싱의 눈에 들어왔다.

"저것이 맹호 전차요?"

"그렇소."

"보기에도 정말 강해 보이는군. 저것은 또 어떤 전차요? 미리 알아본 적이 없는 전차 같은데?"

퍼싱이 검지로 가리킨 방향에 1군단에 막 배치된 전차 같은 병기가 줄줄이 서 있었다.

그것을 보고 박승환이 알려줬다.

"천둥 오식 자주포요. 전차가 아닌 화포로 적진지를 불태울 것이오. 적을 공격한다면 천둥 오식이 제일 먼저 불

을 뿜을 거요."

군수품과 포탄을 쌓고 적의 방어선을 뚫을 준비를 했다.

그와 함께 비상할 준비를 마친 조선 공군 전투비행단이 삼엽기로 하늘을 지키려는 독일 육군항공대에게 달려들려고 했다.

마지막에 깃발을 꽂는 이가 최후의 승리자였다.

그 승리를 조선이 차지하고자 했다.

모두의 시선이 독일로 향하는 사이 동쪽에서 새로 탄생된 악은 날이 갈수록 거듭 성장을 더해갔다.

그 악은 선으로 위장한 혼돈이었다.

겉으로는 만인이 바라는 이상향을 표하면서, 안에는 무엇과 비교할 수 없는 사악함이 있었다.

그 사악함에 사람들이 물들고 있었다.

신조선책기

번개처럼 공격하다

"우리는 전쟁이 아니라 혁명을 원한다!"

"빵과 우유를!"

"우리가 이렇게 고통 받는 것은 독일과 동맹국이 아니라 기득권을 차지하고 있는 부르주아 때문이다! 모든 계급과 차이를 부수고 평등을 이루면, 더 이상의 고통은 없을 것이며 오직 화평만이 남을 것이다! 서로의 차이가 지워질 때 열등에서 벗어나리라! 그것만이 사회주의 낙원의 이상이 될 것이다!"

"와아아~!"

"레닌! 레닌! 레닌!"

빛나는 머리만큼이나 눈빛 또한 빛나는 인물이었다.

눈동자에 이상과 목표를 위해선 수단과 방법을 가리지 않겠다는 강한 의지가 새겨져 있었다.

그는 러시아의 모든 것을 무너뜨린 혁명가였다.

본명은 '블라디미르 일리치 울리야노프'이나 사람들은 울리야노프라는 성 대신 가명으로 더욱 유명한 '레닌'이라고 불렀다.

단상 위에 올라 연설을 마친 레닌에게 사람들이 환호했다.

정권을 취한 볼셰비키가 곧 종전을 이루고 평화로운 시대로 돌아갈 것이라고 생각했다.

차르의 집무실을 자신의 집무실로 쓰기 시작한 레닌이 볼셰비키 지도부를 불러들여 회의를 벌이기 시작했다.

겨우 취한 권력을 반드시 지켜야 했다.

"반대파들의 움직임은 어떻소?"

레닌의 물음에 가장 가까운 측편에 앉은 '미하일 칼리닌'이 대답했다.

그는 '소비에트 사회주의 공화국 전국회의 중앙집행위 주석'이었다.

미국이었다면 대통령이었지만 명목상의 국가원수였다.

그럼에도 볼셰비키 지도부의 핵심 인원이었다.

"알렉산드르 콜차크를 중심으로 러시아 황실을 복원하자는 무리들이 결집되고 있습니다."

"우리의 전력은?"

"부족합니다만 노동자가 단결했기에 충분히 맞설 수 있

습니다. 반드시 이길 수 있습니다."

칼리닌이 말하자 레닌이 고개를 끄덕였다.

그때 칼리닌 맞은편에 앉아 있던 한 사람이 입을 열었다.

곱실한 머리카락과 두터운 콧수염이 인상적인 사람이었다.

정장을 입고 있었고 안경을 쓴 모습이 마치 유능한 지식인 같았다.

그의 이름은 '레프 다비도비치 브론시테인'이었다.

주로 '트로츠키'라는 가명으로 사람들에게 더욱 잘 알려진 인물이었다.

트로츠키가 칼리닌의 믿음에 실천을 더했다.

"지금 상태로 싸운다면 무조건 필패합니다. 그러나 케렌스키가 대독 전선으로 보냈던 군대를 돌려서 아군으로 삼는다면……."

"민중의 지지를 못 받는 콜차크의 군대를 격파할 수 있겠군."

"이미 러시아 황실에 대한 마음이 떠났는데 그것을 강요하는 자가 승리할 수 없습니다. 이미 동부에서 악명이 자자합니다. 평등과 사회주의를 반대하는 자들은 이미 진보에서 멀어진 자들이고 그들을 제거해야 우리의 가치를 지킬 수 있습니다. 놈들의 존재를 허용하는 것은 곧 계급을 허용하는 것입니다."

러시아 황실에 대한 반감과 평등의 가치를 지키겠다는 의지가 강하게 서려 있었다.

그 이야기를 듣고 레닌이 다시 고개를 끄덕였다.
트로츠키의 이야기는 끝나지 않았다.
“콜차크의 군대와 그의 지지자들을 모두 제거하고 나면, 곧바로 다른 나라에서의 혁명을 지원해야 합니다.”
그 말을 듣고 한사람이 입을 열었다. 그는 러시아 사람이 아니었다.
조지아 사람인 ‘이오세브 베사리오니스 제 주가슈빌리’가 레닌에게 말했다.
그는 러시아에서 ‘이오시프 비사리오노비치 스탈린’이라 불렸다.
스탈린은 강철을 뜻하는 단어였다.
레닌이 10월 혁명을 주도했던 자의 이야기를 경청했다.
“혁명도 중요합니다. 당연히 다른 나라의 혁명도 지원해야죠. 하지만 우리가 강해지지 않고 혁명을 지원할 수 없습니다. 콜차크를 제거하고 나면, 우리의 사회주의부터 더욱 강하게 만들어야 합니다.”
그 말을 듣고 트로츠키가 다시 말했다.
“인민위원평의회 주석께서 말씀하셨지요. 공산 평등 사회주의를 완전하게 이루기 위해선, 사람들이 그것을 제대로 이해하고 공감하고 따라야 한다고 말입니다. 하지만 레닌 주석께서는 그 말씀도 하셨습니다. 그때가 오기까지 기다리려면 최소한 5백년이 걸릴 것이라고 말입니다. 무려 5백년 동안 우리는 사회주의의 시작조차 볼 수 없기에, 강제로라도 혁명을 일으켜야 보다 빨리 평등에 이를 것이라

고 말씀하셨습니다. 스탈린 위원의 주장도 일리가 있으나 이는 순서를 정해야 하는 것이 아닙니다. 동시에 하셔야 합니다. 콜차크를 제거하고 나면 곧바로 다른 나라에서의 혁명도 지원하셔야 됩니다. 그렇게 하셔야 빨리 부르주아를 제거할 수 있습니다."

자신의 의견을 묵살하는 트로츠키를 스탈린이 노려봤다.

스탈린의 시선을 느낀 트로츠키가 피식 웃으면서 그의 분노를 우습게 만들었다.

가슴 속에서 깊은 모멸감이 일어났다.

'죽일 놈! 바보 같은 놈! 너처럼 뒤에서 말이나 잘하는 것들이 현실이 어떠한지를 몰라! 너 따위가 감히 날 무시해?! 언젠가 오늘 일을 반드시 갚아줄 것이다!'

스탈린 또한 따라 미소를 지으면서 분노를 지웠다.

그리고 레닌의 결정을 따랐다.

"일단 노동자들의 권력부터 지켜야겠소. 독일 정부와 협상을 준비하고 전선에 나가 있는 군대를 불러들일 것이오. 그리고 그 군대로 사회주의를 위협하는 자들을 제거하겠소. 이를 따라주시오."

"예! 각하!"

러시아를 장악한 볼셰비키 정권에서 독일 정부로 연락이 닿았다.

평화 협상을 바란다는 뜻이 전해지고 그 순간부터 볼셰비키의 러시아군과 독일군 사이의 교전이 중단됐다.

그리고 동쪽으로 흩어져 있던 독일군의 전력이 서쪽으로 돌려지면서 동진을 준비하는 협상국 군대를 상대하려고 했다.

참호 진지를 새로 구축하고 동쪽에서 뺀 포병 부대를 빠르게 배치했다.

독일에서 이름난 전투기 조종사를 모두 서쪽으로 보내서 전선의 하늘을 빼앗기는 것을 막으려고 했다.

그중 가장 유명한 조종사는 '만프레트 폰 리히트호펜'이었다.

사람들에게 '붉은 남작'으로 알려진 조종사가 서부 전선의 독일 항공기지 활주로를 밟았다.

그의 고귀한 혈통을 드러내는 금발이 바람에 휘날렸다.

잘생긴 외모로 사람들의 시선을 끌며 활주로 옆의 세워진 막사로 들어가 임무 설명을 받았다.

칠판과 걸개에 조종사들의 시선이 번갈아 옮겨졌다.

3군 사령관인 '카를 폰 아이넴'이 직접 지시봉을 들었다.

"마른강 후방에 프랑스에 원정 사령부를 차린 미군과 고려군이 주둔 중이다. 고려군의 병기가 모두 도착되었고 특히 놈들의 화포 사정거리가 20킬로미터가 넘는 것으로 확인되었다. 아마도 첫 공격을 포격으로 시작할 것이고 포격이 끝나면 보라매라고 알려진 놈들의 항공 전력이 투입될 것이다. 놈들의 제공을 막아야 폭격도 막을 수 있다."

설명 끝에 한 조종사가 손을 번쩍 들었다. 그의 이름은 '헤르만 괴링'이었다.

"우리가 하늘에 오르면 적기는 속절없이 격추될 겁니다. 이곳에 내로라하는 제국 최고의 조종사들이 있고, 무엇보다 붉은 남작과 남작이 이끄는 서커스 비행단이 있는데 절대 걱정하지 마십시오. 보라매인가 뭔가 하는 비둘기 놈들을 낚아챌 겁니다."

"옳소!"

조종사들이 사기를 드높이며 괴링의 주장에 동조했다.

모든 이들이 웃고 있는 가운데 오직 리히트호펜만 담담한 표정을 짓고 있었다.

그가 이끄는 서커스 비행단 조종사들도 보라매를 격추시킬 것이라 주장하고 있었다.

그들의 모습을 보던 아이넴이 지시봉을 부러뜨렸다.

"멍청한 것들!"

"……?!"

"자네들이 적기 격추가 많다고 해서 우수한 조종사라고 여기는가?! 너희들은 여태 영국과 프랑스 공군이나 상대했지, 상상도 못할 전투기로 무장한 고려군을 만난 적이 없다! 아군 함대를 궤멸시킨 게 놈들의 항공기라는 것을 알고 있는가?!"

"……."

"적을 방심하는 것만큼 최악의 실수가 없을 것이다!"

아이넴의 일갈과 호통에 모든 조종사들이 조용해졌다.

그때가 되어서야 리히트호펜이 손을 들었다.

"보라매에 관한 정보가 있습니까?"

리히트호펜이 차분하게 묻자 모든 사람들의 시선이 그에게로 쏠렸다.

아이넴이 첩보와 교전을 치른 조종사들의 증언을 바탕으로 종합한 보라매에 관한 정보를 알려줬다.

사람들의 귀가 드디어 열렸다.

"정보가 정확하지는 않다. 그러나 대략적으로라도 보라매의 성능이 파악된 것이 있다. 우선 전장은 8미터에서 9미터, 전폭은 11미터 내외며 전고는 3미터에 도달하지 않는 것으로 파악되었다. 알다시피 복엽기나 삼엽기가 아닌 단엽기며, 때문에 고속에 특화되어 있고 최고 속도는 시속 500km 수준으로 파악되었다."

"500킬로……?!"

"항속거리는 못해도 1000km 이상이다. 그리고 최대 상승고도는 10000미터로 보고 있다. 주익 양편에 중기관총이 3정씩 탑재되어 있으니 절대 보라매를 우습게보지 마라. 오히려 고려 조종사들이 너희들을 우습게 여기면 그나마 다행이다."

"……."

"보라매를 만나고 살아서 돌아온 조종사는 지극히 소수다."

"……."

조선군 전투기에 관한 정보를 듣고 막사의 조종사들이 입을 다물었다.

혹시나 하는 생각으로 한 조종사가 물었다.

“정말 그게 사실입니까?”
아이넴이 단호히 말했다.
“사실이다. 여기까지 파악한 것에선 이상이 있을 수 있다.”
그리고 리히트호펜이 아이넴에게 물었다.
“그놈들을 우리가 막아야 합니까?”
“그렇다. 어쩌면 이기기 위해 출격하는 것이 아니라 죽으러 하늘로 향하는 것일 수 있다. 그러나 우리는 독일 제국군이다! 죽으러 가는 것을 알더라도 놈들이 우리 땅과 하늘을 유린하는 것을 두고 볼 수 없다! 그런 의지로 놈들을 반드시 막아라!”
“…….”
“이상!”
임무 설명을 마치고 아이넴이 막사에서 밖으로 나갔다.
한동안 침묵이 흐르다가 조종사들 사이에서 웅성거림이 일어났다.
“죽긴 왜 죽어. 살아남아야지.”
“시속 500km라니. 말도 안 되는 속도야. 우린 기껏해야 150km밖에 안 되는데…….”
들은 정보를 부정하면서 애써 이길 수 있다고 스스로에게 주문을 걸었다.
그러면서 아이넴이 알려준 정보가 사실일까 하며 걱정했고 이름난 전투기 에이스들 중에 함께 하지 못한 이가 혹시라도 격추당해서 죽은 것은 아닌지 근심을 드러냈다.

의자에 앉은 채 깊은 생각에 잠긴 리히트호펜의 앞으로 괴링이 다가왔다.

"무슨 생각을 그리 골똘히 하십니까? 나가서 싸워 이기면 그만입니다."

그 말에 리히트호펜이 피식 하면서 웃었다.

"그래. 자네 말대로 이기면 되지. 걱정해봐야 해결되는 것은 없으니 우리는 본분에나 충실하세. 그러면 독일의 하늘을 지킬 수 있어."

리히트호펜이 몸을 일으켜서 주기장으로 향했다.

그리고 붉은색으로 도장이 된 '포커 드라이데커'라는 전투기에 탑승했다.

* * *

멀리서 포성 소리가 들리기 시작했다.

"시작이군……."

전선에 배치된 영국과 프랑스, 미군의 야포가 일제히 포격하면서 독일군 진지를 두드리기 시작했다.

그중 조선군의 야포에 사람들의 시선이 쏠렸다.

일본과 전쟁을 치를 때 프랑스의 M1897 75mm 구경의 야포를 천둥 일식으로 불법 생산했던 시절을 넘어서서 105mm 구경의 야포가 방렬됐고 이어 155mm구경의 대구경 야포가 불을 뿜었다.

천둥 삼식으로 불리는 155mm 야포는 훨씬 후방에서 포

성을 일으키고 독일군 진영을 초토화했다.
그 모습을 보고 협상국 장병들이 탄성을 터트렸다.
"대체 이런 야포를 어떻게 개발한 거야?"
"구경도 구경이지만 저 긴 포신 좀 봐. 저러니 20km 넘는 거리에서 포격할 수 있지."
"고려군이 이런 야포를 가지고 있을 줄 꿈에도 몰랐어!"
프랑스 장병들이 감탄하며 적기를 휘두르면서 포 사격을 벌이는 조선군의 위용을 관찰했다.
쏴! 라는 외침과 함께 대지에서는 벼락 소리가 일었고 그 소리는 멀리서 천둥소리로 들렸다.
프랑스 장병들이 고개를 돌리자 포신을 높게 세운 전차 같은 병기가 눈에 보였다.
그 병기들도 야포와 마찬가지로 포성을 일으켰다.
"저거 탱크 아냐?"
"탱크는 해적 놈들 거고. 고려군이니 전차야."
"전차가 저렇게 포를 쏘나? 내가 보기엔 장갑을 씌운 야포 같은데? 저게 정말 야포라면 총탄이 날아와도 그리 겁나지 않을 거야."
한 장교가 병사들에게 말했다.
"자주포라는 야포라더군. 고려가 저런 무기까지 개발할 줄은 몰랐어. 이번 전쟁에서 고려군의 진면목을 알게 될 거야."
프랑스는 인도차이나라고 불리는 식민지를 거느리고 있었다.

프랑스는 조선 역시 그 인도차이나와 마찬가지로 동양의 작은 나라일 뿐이라 여겼다.

거기다 조선은 한때 서양의 밥이었던 청나라의 속국이었다.

그랬던 나라가 일본과 러시아를 상대로 이기고, 서양의 기술을 넘어서는 무기를 어떻게 보유하게 됐는지 궁금했다.

그것을 절대 풀 수가 없기에 그저 조선이 얼마만큼 강한지 알고자 했다

포격하는 조선군 포병대를 향해서 수많은 시선들이 향했다.

1차 포격이 끝나고 포신을 식혀야 했다.

"포격 중지! 포격 요청이 있을 때까지 사격을 중단한다!"

"예! 포대장님!"

전 조선군의 포격이 중지됐다.

그리고 전 협상군의 포격이 중단되었다.

하늘에서 벌떼 소리가 울려 퍼지기 시작했고 서쪽에서 나타난 항공기들이 동쪽을 향해 전력질주하기 시작했다.

영국과 프랑스 전투기들이 하늘을 메웠다.

최초의 삼엽기로 알려진 '솝위드'와 프랑스 항공대의 최신 기종인 '스패드'가 대열을 이루면서 지상의 시선을 끌어 모으고 있었다.

붉은 남작만큼이나 유명을 이루는 조종사가 프랑스 항공대에도 있었다.

그의 이름은 '조르주 기느메르'로 하늘에서 수많은 항공기를 격추시켰던 에이스 중의 에이스였다.

그가 손짓을 하며 주변 조종사들에게 지시를 내렸다.

'곧 적지 상공이다! 대공포를 조심하고 요격해 올 적기를 경계하라! 붉은색 드라이데커를 특히 조심해!'

'예! 단장님!'

포커 드라이데커 중 붉은색 기체는 붉은 남작의 기체였다.

협상국 모든 조종사가 그를 두려워하고 또 격추시키기를 원했다.

조종간을 고쳐 잡고 독일군이 점령한 지역의 하늘을 날았다.

대공포가 터지며 대공포탄에 꼬리가 스친 솝위드 한 기가 균형을 잃고 추락하기 시작했다.

그리고 몇 기의 전투기가 더 추락했다.

그 모습에 협상국 조종사들이 잔뜩 긴장했다.

'대열을 흐트러뜨리지 마라! 놈들의 대공포는 우리 대열을 깨기 위한 것이다!'

기느메르가 한번 더 조종사들에게 수신호를 보냈다.

독일군 전투기가 몰려오면 대공포의 포격도 끝날 것이라고 생각했다.

그의 판단은 틀리지 않았다.

대공포격이 멈추고 전방에서 벌떼 같은 모습으로 달려오는 독일군 전투기들을 발견했다.

최신기인 포커 드라이데커와 이전의 포커 아인데커, 알바트로스와 할버스타트도 모습을 드러냈다.

그 사이에 붉은색 드라이데커가 보였다. 기느메르가 붉은색 기체를 가리켰다.

'붉은 남작이다! 놈보다 아래에 있지 마라!'

'예!'

마음 같이 될 것이라 여기지 않았지만 적어도 주의를 전하고 교전에 돌입했다.

달려드는 벌떼가 큰 비행기로 커졌다.

들이받듯이 달려오다가 눈앞에서 흩어지면서 춤을 추기 시작했다.

양손으로 붙잡은 조종간을 이리저리 흔들었고 두 발에 걸려 있는 페달을 상하로 움직이면서 기체를 회전시켰다.

아인데커의 꼬리를 문 프랑스 조종사가 방아쇠를 당겼다.

예광탄이 빛을 발하면서 독일 전투기의 기체 중앙을 관통했다.

그로 인해 스패드를 따돌리려던 독일 조종사가 총탄을 맞고 피를 토했다.

엔진에서 불이 붙으면서 아인데커가 추락했다.

"한놈!"

적기 한 기를 격추한 프랑스 조종사가 주먹을 불끈 쥐었다.

그때 그의 머리로 총탄이 날아들었다.

패드의 위에서 아래로 드라이데커 한 기가 지나갔다. 그 기체의 도장은 붉은색이었다.

붉은 남작 리히트호펜이 협상국 전투기를 사냥하기 시작했다.

그가 기수를 높여 또 다른 기체를 노렸다.

하강하면서 방아쇠를 당겼고 겨우 총탄을 피한 영국의 솝위드를 뒤쫓기 시작했다.

그리고 끝내 꼬리를 피격 시키면서 격추시켰다.

막 2기의 격추 기록을 추가했을 때였다.

리히트호펜의 드라이데커 뒤에서 스패드가 꼬리를 물었다.

3기를 격추시킨 기느메르가 리히트호펜의 꼬리를 물었다.

'누가 강한지 어디 겨뤄보자!'

드라이데커가 속도를 급히 줄이면서 기수를 높였고 기느메르의 스패드 또한 속도를 급히 줄이면서 기수를 높였다.

꼬리를 물면서 조종간의 방아쇠를 당기자 전투기에 재된 빅커스 기관총이 불꽃을 일으켰다.

하늘에 예광탄들이 수놓아졌다.

그리고 리히트호펜의 드라이데커는 뱀처럼 움직이면서 춤을 췄다.

기느메르가 붉은색 드라이데커를 보며 혀를 찼다.

"칫! 역시 붉은 남작이란 말인가?!"

잡았다고 생각했던 순간 믿기 힘든 기동으로 사선에서

빠져나갔다.
그리고 다시 리히트호펜을 잡으려고 했다.
그 순간이었다.
퍼퍼퍽!
"커헉!"
교전을 벌이던 프랑스 조종사들이 당황했다.
"단장님?!"
"이런!"
굉음을 내면서 기느메르의 스패드가 연기를 뿜어냈다.
힘없이 지상으로 떨어졌고 폭발과 함께 기체가 산산조각 났다.
그것을 보면서 프랑스 조종사들이 오열했다.
"단장님!"
독일군 조종사들이 주먹을 번쩍 올리며 환호했다.
"기느메르를 격추했다!"
"누구야?! 누가 기느메르를 격추시켰어?!"
"괴링이다! 괴링이 기느메르를 격추시켰어!"
"프랑스의 에이스가 격추됐다!"
"이야앗!"
하늘에서 함성이 크게 일었다.
기느메르를 격추시킨 괴링은 다시 지상을 보면서 자신이 그를 잡았다는 사실을 재확인하고 환하게 웃었다.
그리고 프랑스 조종사들의 사기가 완전히 꺾였다.
괴링이 독일 조종사들에게 수신호로 지시했다.

'모조리 떨어트려!'

그의 휘하에 있던 기체들이 앞장섰다.

그와 함께 리히트호펜의 서커스 비행단도 속력을 높이며 다른 기체를 사냥하기 시작했다.

무더기로 협상국 전투기들이 격추되어 갔다.

발악하는 협상국 조종사들에 의해 독일군 기체가 격추되기도 했지만 4기 중 3기는 협상국 기체였다.

후퇴하지 않고선 죽음을 피할 길이 없었다.

'빌어먹을! 이놈들을 이겨야 하는데!'

제공을 확보해야 독일 포병 부대를 공격할 수 있었다.

후퇴하게 되면 공격은 수포로 돌아가게 됐다.

반드시 하늘을 지켜야 하는 이유가 있었다.

그런 프랑스 기체와 영국 기체를 리히트호펜과 괴링을 포함한 독일군 전투기들이 격추했다.

잠시 뒤면 전멸이라는 대기록을 역사에 남길 것 같았다.

그때 남쪽에서 굉음이 들리기 시작했다.

'지원군인가?!'

못해도 50기가 넘는 항공기가 달려오고 있었다. 그리고 그 속도 또한 매우 빨랐다.

점처럼 보이던 항공기들이 순식간에 크기를 키우고 있었다.

남쪽 하늘을 제압한 자들이 북쪽 하늘로 달려오고 있었다.

하늘에서 전파를 통한 대화가 이뤄졌다.

—기체 구분은 다들 할 수 있나?

—예! 총장님!

—철십자 문양이 새겨진 기체는 한 놈도 살려두지 마라! 오늘 이후로 독일 육군항공대의 전투기가 하늘로 날아오를 일은 없을 것이다! 다들 긴장하고 방심하지 마라!

—알겠습니다!

유럽에 파견된 공군참모총장이 직접 전투기를 조종했다.

노백린이 보라매를 몰아 적들에게 달려갔고 그의 뒤를 실전으로 단련된 조종사들이 따라 적에게 달려들었다.

보라매의 형태가 독일군 조종사들에게 보였다.

'왔다!'

'놈들이다!'

'고려군이다! 다들 태세를 갖춰!'

조종간을 강하게 붙들고 기수를 돌렸다.

가속 밸브를 열면서 돌진하는 보라매와 하늘에서 교차했다.

총탄이 날아들면서 할버스타트와 알바트로스 몇 기가 피격됐다.

기수를 당겨 보라매의 꼬리를 잡았던 독일군 조종사가 눈앞에서 기체가 사라지는 것을 경험했다.

기수를 높인 보라매가 이미 조종사의 머리 위에 있었다.

"어떻게 이런……?!"

퍼퍼퍽!

"커흑!"

보라매의 고기동에 드라이데커 한 기가 격추됐다.

그리고 그보다 급이 낮은 알바트로스와 할버스타트가 무더기로 보라매에게 격추되기 시작했다.

죽음에 문턱에 이르렀던 협상국 조종사들이 싸워야 한다는 사실을 잊었다.

"저게 고려군의 전투기야……?"

"단엽으로 어떻게 저런 비행 성능을 낼 수 있지?! 이게 말이 돼?!"

"드라이데커가 허망하게 격추되고 있어……."

"맙소사……!"

또 다른 드라이데커의 꼬리를 조선군의 보라매가 물었다.

고개를 돌아본 독일군 조종사가 보라매를 따돌리기 위해서 안간힘을 썼다.

조종간을 이리저리 틀고 페달을 상하로 움직였다.

그러나 꼬리를 문 보라매는 절대 떨어지지 않았다.

"개자식!"

드드드득!

퍼퍽!

"억!"

두께가 두꺼운 대구경 총탄이었다.

중기관총에 쓰이는 12.7mm 구경의 총탄이 드라이데커의 측편을 부수고 조종사의 몸 반쪽을 날렸다.

6정에 이르는 기총이 드라이데커를 분해했다.
그 모습을 보고 독일 조종사들이 경악했다.
"세상에!"
"저런 식이면 놈들의 기총을 절대로 못 피해!"
"6정을 저런 식으로 쏘는 거였다니!"
주익 양편에 중기관총을 탑재했다는 정보를 들었지만 귀로 듣는 것과 눈으로 보는 느낌은 전혀 달랐다.
중기관총의 연사력이 떨어졌지만 6정이라는 수가 그것을 메우고 있었고 기총이 옆으로 벌어져 있었기에 조준점에 대충 표적을 넣어도 맞힐 수 있었다.
모든 면에서 보라매가 압도적이었다.
그렇다고 해서 도망칠 수도 없었다.
후퇴는 곧 독일의 패배를 뜻하는 것이었다.
'이미 들어서 놈들이 강하다는 것은 알고 있잖아! 퇴각할 수 없으니 무조건 살아남아라! 한계로 몰아서 우리의 기동과 사선에 놈들을 끌어들여!'
괴링의 생각이 곧 독일 조종사들의 생각이었다.
조종간을 틀면서 그들이 훈련받았던 대로, 실전으로 얻은 경험대로 상대 기체를 사선으로 유도하려고 했다.
괴링의 기체가 기수를 높이면서 반 정도 원처럼 회전했을 때, 기체를 반전시키면서 뒤를 쫓다가 먼저 치고 나간 보라매의 꼬리를 물려고 했다.
기총을 쏘기 위해서 방아쇠를 당겼다.
예광탄이 빛을 발했고 앞에서 보라매가 사라졌다.

급히 기수를 꺾는 보라매가 고공으로 치고 올랐다.
그 모습을 보고 괴링이 경탄했다.
"이럴 수가!"
치솟았던 보라매가 급 하강을 벌이면서 기총 사격을 가했다.
괴링의 드라이데커가 공중에서 분해됐다!
'헉?!'
'괴링 대위가!'
세상에 이름난 뛰어난 조종사가 하늘에서 숨졌다.
그와 함께 민족주의와 극우로 점철되던 괴링의 미래 또한 지워지게 됐다.
그를 격추시킨 조선군 전투기들 사이에서 무전이 오갔다.
—방금 놈이 독일 에이스 아니었어? 움직임이 달랐는데?
—독일 에이스는 리히트호펜이야. 기체가 붉은색이라고. 지금 자네 꼬리에 붙고 있어.
—이런!
괴링을 격추시킨 보라매의 꼬리에 리히트호펜의 붉은 기체가 따라붙었다.
리히트호펜이 조종간의 방아쇠를 당기자 기총 소사가 이뤄지면서 보라매에게 총알이 날아들었다.
급히 조선군 조종사가 기수를 틀었다.
그러나 총알 중 몇 발이 미익을 맞히고 기체에 구멍을 냈다.

뒤에서 들리는 타격음에 조선 조종사가 식은땀을 흘렸다.

—간 떨어지는 줄 알았네!

—조심해! 조금만 더 맞았으면 자네 기체가 아작 날 뻔했어!

—그래! 알려줘서 고마워!

다행히 미익이 뜯겨져 나갈 정도의 피해는 아니었다.

리히트호펜이 노린 보라매가 춤을 췄고 그 뒤로 리히트호펜도 따라 기체를 틀어댔다.

다시 사선에 보라매가 들어왔고 리히트호펜이 방아쇠를 당기면서 총탄을 쏘아 날렸다.

그러나 방심하지 않는 보라매를 잡기란 여간 쉬운 일이 아니었다.

가속도를 높이며 보라매가 거리를 벌렸고 결국 리히트호펜이 뒤쫓을 수 없게 만들었다.

멀어지는 보라매를 보면서 리히트호펜이 이를 물었다.

"빌어먹을!"

그리고 불길한 기운에 뒤를 돌아보고 급히 조종간을 틀었다.

뒤에서 보라매가 기총탄을 쏘아 날렸다.

노백린이 붉은 남작을 노리고 있었다.

—붉은 남작은 내가 맡겠다. 절대 끼어들지 마라.

—예! 총장님!

무전으로 명령을 내리고 노백린이 조종간을 고쳐 잡았다.

'어디 실력 좀 볼까?'

전력을 다해 리히트호펜의 꼬리를 물기 시작했다.

붉은 남작이 감속하면 노백린도 따라 감속하고 기수를 높이면 따라 기수를 높였다.

그러다가 예술 같은 기동으로 리히트호펜이 빠져 나갔다.

속으로 노백린이 감탄했다.

'어째서 이놈이 독일 에이스인지 알겠어!'

만약 똑같은 기체로 대결을 벌였다면 일찍이 꼬리를 잡히고 격추 될 수 있었다는 생각이 들었다.

그러나 노백린이 조종하는 것은 보라매였다.

그가 모르지만 무려 수십년 뒤에 태평양을 누비면서 당대에 악명을 높였던 영식함상기를 상대하는 전투기였다.

몇 세대 이전의 항공기에게 꼬리를 물리고 공격 받을 수 있는 전투기가 아니었다.

리히트호펜이 노백린의 꼬리를 물고 방아쇠를 당겼다.

기총 소사가 일어나기 직전 노백린이 기수를 높이며 사선에서 탈출했다.

그리고 가속도를 높였다.

'이렇게나 빨리……?!'

보라매가 앞으로 멀찍이 떨어져 나갔다.

그리고 리히트호펜은 조선군의 보라매와 드라이데커 사

이의 성능 차이가 사상을 초월할 수준이라는 것을 알게 됐다.

노백린이 자신을 가지고 놀고 있다는 생각이 들었다.

"망할 자식!"

속도를 높여 의도적으로 속도를 떨어트린 보라매에게 따라붙었다.

다시 보라매가 시야에서 사라졌다.

옆으로 빠져나간 보라매가 리히트호펜의 측면으로 치고 들어오고 있었다.

'잡았다!'

'이런!'

퍼퍼퍽!

"윽!"

총성이 일어나면서 입에서 피가 터져 나왔다.

리히트호펜 붉은 삼엽기에 총상이 새겨지고 엔진에는 검은 연기가 일어나면서 지상으로 떨어지기 시작했다.

그것을 본 조선군 조종사들이 환호했다.

"총장님께서 붉은 남작을 격추시키셨어!"

프랑스 조종사들과 영국 조종사들도 크게 놀랐다.

"고려의 조종사가 붉은 남작을 격추시키다니!"

"이럴 수가!"

시야가 흐릿해지고 있었다.

힘을 잃은 리히트호펜의 눈동자가 하늘을 나는 전투기에게로 향했다.

그곳에서 자신이 지휘하는 서커스 비행단이 추락하고 있었다.

'미안하네…….'

지면에 부딪히고 그의 의식이 파편과 함께 흩어졌다.

협상국 조종사들의 함성이 하늘에서 크게 울려 퍼졌다.

"이겼다!"

그때 하늘에서 폭발이 일어나기 시작했다.

쾅! 콰쾅!

펑!

—이런! 대공포다! 기수 높여!

독일 전투기가 모두 격추되자마자 지상의 대공포가 협상국 전투기를 노리기 시작했다.

노백린과 조선군 조종사들이 급히 보라매의 기수를 들어 올렸고 급가속을 하면서 다급히 고도를 높였다.

대공포탄이 하늘에서 터지며 주위에 파편을 뿌려댔고 거기에 솝위드와 스패드가 말려들면서 검은 연기 꼬리를 늘어뜨린 채 지상으로 추락하기 시작했다.

고공으로 오른 노백린이 무전망을 열고 대원들을 걱정했다.

—각 비행대대장은 피해 상황을 보고하라!

피해 상황을 물었고 잠시 후 보고 받았다.

—2기 피해 있습니다!

—1기 피해 있습니다!

—3기 피해 있습니다! 그러나 격추되진 않았습니다!

불행 중 다행이었다. 터지는 포탄의 파편에 동체와 주익이 조금씩 피해를 입었지만 치명타를 입지 않았다.
동체 안에 튼튼한 쇠줄이 여전히 날개를 움직이게 하고 있었다.
거기에 조종석과 엔진에는 두꺼운 철판이 덧대어져서 속갑옷과 같은 역할을 하고 있었다.
노백린이 타고 있던 기체도 주익에 조금 구멍이 생겼다.
그러나 싸우는 데에 큰 문제가 없는 피해였다.
고공에서 경계하며 저공에서 피해를 입다 도망치는 협상국 전투기들을 봤다.
그들을 무시하고 전장의 하늘을 지켰다.
—공역을 지킨다.
—예! 총장님!
지상에서는 보라매를 격추시키지 못해서 난리였다.
"쏴라! 놈들을 격추시켜야 한다!"
"포탄이 닿지 않습니다!"
"대체 얼마나 높이 날기에 대공포탄이 닿지 않는단 말인가?!"
아이넴이 통탄하며 먼지처럼 보이는 보라매들을 올려봤다.
못해도 2만 피트가 넘는 상공에 위치해 있는 것 같았다.
드라이데커의 실용 한도 고도를 넘어서는 높이였다.
구름이 있었고 그 속으로 보라매들이 사라졌다.
대공포를 운용하는 장병들 사이에서 의심이 일어났다.

"정말 고려에서 만들어진 전투기가 맞아?"
"맞을걸? 세계에서 최초로 비행기를 개발한 나라잖아."
"동양 나라가 대게 미개한데 어째서 고려만 그런 걸 만들 수 있지? 지금도 정말 이해가 되지 않아."
식민지를 포함해서 동양의 많은 나라들 중에 조선만이 유일했다.
조선만이 서양 나라들과 유일하게 어깨를 견주하고 있었다. 아니, 압도하고 있었다.
그 기술력이 어디에서 났는지 감히 짐작할 수 없었다.
서쪽에서 또 다른 항공기들이 나타나자 멍하니 있던 대공포병들이 바삐 움직이기 시작했다.
"서쪽에서 적기 출현! 포구 돌려!"
보라매에게 향해 있던 대공포들이 돌아갔다.
포탄이 장전되고 차츰 독일군 진영 위로 오는 항공기들을 조준했다.
그러나 대공포가 사격되는 일은 없었다.
"너무 높습니다!"
다가오는 항공기들의 고도가 너무 높았다.
그대로 구름 속으로 자취를 지웠고 독일 장병들이 긴장의 끈을 내려놓았다.
바로 그때였다.
그아아앙~!
"음?! 이게 무슨 소리지?!"
"헉! 노…놈들이 급강하합니다!"

"다시 조준해! 대공 사격 개시!"

퉁! 퉁! 퉁! 퉁!

"이런! 고도가 안 맞잖아!"

대공포탄이 터지는 고도보다 이미 하강하는 항공기들의 고도가 낮았다.

구름에 은폐했다가 급강하를 벌이며 기습하는 항공기들이 이미 독일 장병들의 눈앞까지 왔다.

주익에 그려진 태극 문양이 보였고 기체 하부에서 떨어져나간 폭탄이 느리게 오는 것처럼 보였다.

잠깐 동안 어렸을 때의 기억이 스쳐갔고 전쟁터로 향하기 전에 가족과 작별했던 순간이 떠올랐다.

심지어 갓난아기로 돌아가 어머니의 젖을 먹었던 때의 기억도 돌아왔다.

그리고 죽음에 이르렀다.

폭발이 일어나면서 대공포 주위에 있던 독일 장병들이 화염에 휩쓸렸다.

참매 급강하폭격기들이 독일 대공포 진지를 폭격했다.

쾅! 콰광! 쾅!

"피해라!"

"우와악!"

포탄이 유폭되면서 대폭발이 일어났다.

몇 문 되지도 않는 대공포들이 사라지자 하늘은 곧 조선군의 것이 됐다.

고도를 낮춘 보라매가 지상에 기총 소사를 벌였다.

그리고 두 번째로 도착한 참매 폭격기들이 서쪽을 조준하는 독일군 포병대의 머리 위로 폭탄을 투하했다.
공군에 배치된 물수리들도 서쪽에서 출격했다.
지상을 따라 저공비행하던 물수리가 기름을 잔뜩 먹은 소이탄을 독일군 진지 위로 떨어트렸다.
폭탄이 터지고 불길이 일어나면서 화염에 휩싸인 장병들이 비명을 질렀다.
"으아아아!"
"사…살려줘!"
생지옥이 따로 없었다.
살이 타는 냄새가 전장을 가득 채웠다.
폭격에서 살아남은 독일군 장병들은 믿어지지 않는 시선을 드러내면서 죽어가는 전우들을 지켜봤다.
그들은 전쟁이 새롭게 변화할 것이라고 생각했다.
하늘에서 떨어지는 폭탄의 무서움을 알았다.
그러나 그것보다 더 무서운 것이 있었다.

* * *

동쪽에서 검은 연기가 솟구쳐 올랐다.
망원경으로 동쪽 하늘을 살피던 안중근이 포탑 위에 올랐다.
멀리 미국의 전차인 M1이 함께 적진으로 달려갈 준비를 했다.

전차에 탑승해 무전기를 작동시키고 장병들에게 명령을 내렸다.

“적 포병 부대가 무력화됐다. 전 차량 시동 걸고 진격한다.”

—예! 장군!

일렬로 늘어서 있던 맹호 전차가 시동을 걸고 앞으로 전진하기 시작했다.

프랑스군이 세운 철조망을 궤도로 밟고 지나갔고 조금씩 속도를 높여서 포격으로 패인 구덩이를 넘고 철조망이 세워진 독일군 진지로 달려갔다.

맹호 전차를 보고 참호 속의 독일 병사가 크게 외쳤다.

“탱크다!”

곁의 병사가 정정했다.

“탱크가 아냐! 고려군의 맹호 전차다! 놈들이 포격해올 거야!”

“전투 준비!”

진지를 지키는 장교가 전투 준비 명령을 내렸다.

진격해온 전차가 맹호 전차라는 사실에 독일군 전체가 긴장하며 전선을 반드시 사수하고자 했다.

맹호 전차에 남쪽의 전선이 단번에 뚫렸던 것을 기억했다.

곧 북쪽 전선을 공격하는 미국 전차를 발견했다.

맹호 전차와 비슷한 생김새를 지녔으면서도 모양이 다른 M1 전차가 먼저 포성을 일으키기 시작했다.

그로 인해 참호를 지키던 독일 장병들이 쓸려 나갔다.
—미군이 포격합니다!
1기갑여단장인 신태호가 무전으로 안중근에게 보고했다.
안중근이 무전으로 명령을 내렸다.
"우리도 쏜다! 쏴!"
—쏴!
밖에서 일어난 포성이 중근이 타고 있던 전차의 차체를 흔들었다.
포신이 후퇴하면서 빈 탄피가 폐쇄기에서 흘러나왔다.
탄약수가 고폭탄을 약실에 장전했다.
장전이 완료되자 안중근이 다시 외쳐다.
"쏴!"
뻥!
천둥소리가 발생하면서 독일군이 지키던 참호를 맹호 전차가 때렸다.
기관총으로 총격을 가하던 독일병사가 사라졌고 그 주위에 흙과 뒤섞인 신체가 흩어졌다.
중근이 탄 전차가 포격을 가하자 나머지 전차들도 따라 포성을 일으키면서 포격하기 시작했다.
남북으로 크게 이어진 독일군 참호에서 폭발이 일어나기 시작했다.
후방에 있던 독일 장병들이 아우성쳤다.
"고려군 전차입니다!"

"미군 전차도 아군 참호를 공격 중입니다!"

"영국의 탱크와는 전혀 다릅니다! 놈들의 포격에 아군이 계속 피해를 입고 있습니다! 대전차총도 먹히지 않습니다! 조만간 방어선이 무너질 것 같습니다!"

참호를 지키는 사단장이 급히 명령을 내렸다.

"야포의 포 각을 낮춰서 직사로 쏴라!"

"예! 장군!"

궁여지책이 따로 없었다. 그러나 유일한 해결책일 수도 있었다.

영국의 마크 전차로 불리는 탱크를 사냥할 땐 대구경 탄환을 쓰는 대전차총이 주효했다.

그러나 적중된다는 걸로 전제되면 야포로 직사 포격을 벌이는 것만큼 좋은 게 없었다.

아직 전선에 적당한 크기의 야포가 배치되어 있었고 독일 병사들이 야포들을 밀면서 참호 위로 올렸다.

그리고 포구를 돌려서 맹호 전차와 M1 전차를 조준했다.

포탄을 장전하고 한번 더 정확하게 조준한 뒤 방아 끈을 당겼다.

맹호 전차 중 한 대가 포탄을 맞고 크게 흔들렸다.

쿵!

"뭐야……?"

포수가 놀라서 두리번거렸다.

차장을 맡고 있던 중대장인 지석규가 차장경을 통해 밖을 확인했다.

그때 무전보고가 이뤄졌다.

—적 포병 발견!

"방금 우리에게 쏜 건가?"

—그런 것 같습니다! 놈이 중대장님게 포탄을 쏘아 날렸습니다! 중대장차에 외부 파괴는 보이지 않습니다!

"튼튼하구만! 역시 맹호 전차야!"

다른 전차를 타고 있던 차장이 지석규에게 전차가 피격된 사실을 알려줬다.

피격되었음에도 맹호 전차는 멀쩡했다.

지석규와 안에 타고 있던 대원들은 안심했고 직격했음에도 전차를 파괴하지 못한 독일 포병이 크게 당황했다.

멀쩡히 움직이면서 전차포사격을 이어가는 것을 봤다.

"이럴 수가……!"

"제대로 맞힌 거 맞아?!"

"직격이었어! 제대로 맞혔다고! 그런데 어떻게 저렇게 움직일 수 있는 거지?! 정말 아무런 타격도 받지 않은 건가……?!"

적중을 의심하는 병사들에게 고참 병사가 크게 외쳤다.

"저놈의 장갑이 두꺼워! 영국 놈들의 탱크와는 차원이 달라! 저놈을 격파하려면 정말로 큰 야포를 끌고 와야 돼! 여기 있는 무기로 싸울 수 없어!"

"맙소사!"

쾅!

"헉?!"

전차포탄이 포병 부대 옆을 때리고 보병들을 휩쓸었다.
그로 인해 야포를 쐈던 독일 포병들이 움찔했다.
안중근의 무전이 근위 1사단의 모든 전차에게 전해졌다.
—적 포병이 화포로 우릴 공격한다. 놈들의 포탄에 맞는다고 우리가 크게 피해를 입는 것은 아니지만 눈먼 포탄에 궤도나 조준경이 깨질 수 있다. 그러니 보이는 적 포병부터 제거하라.
—알겠습니다! 장군!
신태호를 비롯한 기갑여단장들이 대답했다.
그리고 지석규에게까지 명령이 전해졌다.
발악하는 심정으로 독일 포병이 다시 야포를 발포했다.
지석규의 전차가 다시 크게 흔들렸다.
"놈들의 화포탄 따위에 우리 전차가 뚫리지 않아! 우리의 전차포탄에도 뚫리지 않는 장갑으로 보호되고 있으니까! 하지만 눈먼 포탄이 궤도를 고자로 만들 수 있어! 한시 방향에 적 포병이다! 찾았어?!"
"예! 중대장님!"
"조준! 쏴!"
"쏴!"
쿵!
"차탄 장전!"
포격과 동시에 차체가 크게 흔들렸다.
석규가 보고 있는 차장경 너머에서 포탄을 직사로 쏘아 날리던 야포가 폭발했다.

불꽃이 터지면서 독일 포병들이 주위로 흩어졌다.
다른 맹호 전차들도 독일 포병대를 무력화시키는 것을 봤다.
무전 명령이 지석규에게 내려졌다.
—적 포병 무력화! 전진하라!
"알겠습니다!"
포병을 제거한 전차가 앞으로 움직이기 시작했다.
그러자 참호의 독일군이 공포에 휩싸였다.
전진하는 맹호 전차와 M1 전차를 어떻게 막아야 할지 몰랐다.
안중근이 전차와 함께 독일군의 참호를 넘었다.
"적이 모여 있는 곳에 포탄을 쏴라! 동축 기관총으로 적병의 접근을 막아라!"
—예! 장군!
총성과 포성이 일어나면서 독일군의 방어선이 완전히 깨졌다.
병사들은 도망치기 시작했고 장교들 또한 더 이상 싸울 수 없다고 판단했다.
그들의 선택지는 하나밖에 없었다.
하늘에서 굉음이 일어나면서 진격하는 전차들 주위에서 흙기둥이 솟구쳤다.
그와 함께 폭음이 울려 퍼지기 시작했다.
—적 포격!
안중근이 급히 명령했다.

“적이 진내사격을 가하는 듯하다! 다들 밀집하지 말고 흩어져! 직격을 피하라!”

—예! 장군!

동시에 하늘에서 벌떼 소리가 울려 퍼졌다.

도망치던 독일 병사들이 하늘을 가로지르는 항공기들을 발견했다.

주익 아래에 새겨진 태극 문양을 봤다.

“고려군이다!”

독일 후방으로 물수리들이 날아가 폭탄을 투하했다.

진내사격을 가하는 독일 포병대 머리 위로 소이탄을 투하했고 쌓여 있던 포탄이 유폭되면서 검은 연기를 피워 올렸다.

이후로 맹호 전차와 M1전차들 주위에서 포탄이 낙하하는 일은 없었다.

마른강의 모든 독일군이 절망에 빠졌다.

“후퇴! 후퇴! 퇴각하라!”

쾅!

“으악!”

후퇴 명령을 내리던 대대장이 전사하고 두 나라의 기갑부대가 거침없이 진격했다.

결국 공방을 벌이면서도 대전 내도록 버텼던 방어선이 완전히 무너졌다.

전의를 상실한 독일군을 보면서 안중근이 명령을 내렸다.

더 이상 진내사격이나 참호 전면에 포격을 가할 수 있는 적 포병이 존재치 않았다.
전차 부대 뒤에서 대기 중이던 부대가 있었다.
“전 사단 차량은 나를 따라 진격하라! 적의 종심을 무너뜨릴 것이다!”
—예! 장군!
전차를 포함해 장갑차 부대에게도 명령했다.
직후 수화기를 떼고 안중근이 차내에 크게 외쳤다.
“가자! 전력질주다!”
“알겠습니다! 장군!”
조종수가 응답하며 가속 페달을 강하게 밟았다.
그러자 선두에 선 안중근의 전차가 전력을 다해서 달리기 시작했다.
그 뒤로 수백 대에 이르는 맹호 전차와 현무 장갑차들이 질주하기 시작했다.
M1 전차를 앞세운 미군 기갑 사단에서도 무전 교신이 오갔다.
—우리도 달린다!
전선을 추가로 공격하지 않았다. 그대로 돌파해서 독일군의 후방으로 달려갔다.
그 모습을 검댕 묻은 독일 장병들이 지켜봤다.
“그냥 갔어…….”
“저기에 아군 지휘부가 있는데…….”
방어선이 뚫린 사실이 독일 3군 사령부로 전해졌다.

보고를 받은 아이넴이 자리에서 벌떡 일어났다.

"적이 아군 방어선을 돌파했다고?!"

"예! 사령관님! 진내사격까지 가했지만 모든 포병이 궤멸되고 놈들에게 완전히 뚫렸습니다! 지금 사령부로 오고 있다 합니다!"

"어떻게 이런 일이……!"

"놈들이 전차를 앞세웠습니다! 후퇴하셔야 됩니다!"

참모장이 상관에게 후퇴를 조언했다.

그 말을 듣고 아이넴이 고개를 끄덕였다.

"적 부대가 오기 전에 후퇴해야 된다! 전군에 후퇴 명령을 내려라! 퇴각이다!"

명령을 받고 참모장이 지휘부에서 나가려고 했다.

그때 하늘에서 프로펠러음이 울려 퍼졌다.

막사 앞에 선 참모장이 고개를 들고 멈칫했다.

"맙소사……!"

망루에 오른 초병이 다급히 외쳤다.

"적기 출현! 고려군입니다! 고려의 전투기가 사령부에……!"

콰쾅!

"아악!"

"……!"

독일 3군 사령부에 폭탄이 떨어지기 시작했다.

참매가 급강하하면서 폭탄을 투하하고 기수를 높였고 하늘에서 노백린이 보라매 조종사들과 함께 고공을 경계했

다.
사령부에 가해지는 폭격에 막사에서 아이넴이 다급히 나왔다.
"이게 대체……?!"
"적 항공대입니다! 적 항공기들이 사령부를 폭격하고 있습니다! 피하셔야 됩니다!"
참모장의 외침에도 아이넴은 걸음을 옮길 수 없었다.
사방에서 폭탄이 떨어지고 있었고 차가 대기하고 있던 곳과 말들이 묶여 있는 곳에도 폭탄이 떨어졌다.
그로 인해 그가 도망칠 수 있는 모든 수단이 사라졌다.
폭격을 가한 항공기들이 물러나자 이번에는 대지가 요동치기 시작했다.
우르릉!
"뭐야! 이건?!"
쾅!
"헉!"
방어를 위해 쌓은 흙담이 무너지고 거기에서 맹호 전차가 튀어 나왔다.
전차를 본 독일 병사가 크게 외쳤다.
"적 전차!"
직후, 뻥! 하는 소리와 함께 사방으로 뛰던 독일 장병들에게 포탄이 날아들었다.
폭발이 일어나면서 땅이 뒤집어지고 주위의 장병들이 사라졌다.

넝마가 된 군복만이 그들이 있었다는 존재를 나타냈다.
이어 다른 전차들이 담을 무너뜨리면서 나타났다.
현무 장갑차가 모습을 드러내면서 우왕좌왕하는 독일 장병들에게 기관총탄을 쏟아내기 시작했다.
한 육식 기관총과 한 칠식 중기관총이 불을 뿜기 시작했다.
동시에 현무 장갑차의 후문이 열리며 소총과 기관총으로 무장한 기계화보병이 하차했다.
그리고 적에게 집중 사격을 가했다.
"무기를 쥔 놈, 도망치는 놈까지 모조리 죽여! 무기를 버리고 두 팔 든 놈만 살린다! 사격 개시!"
탕! 탕! 타탕!
드드드드득! 드드득!
독일 3군 사령부가 초토화됐다.
빗발치는 총탄에 독일 장병들이 벌집이 되고 공포에 무기를 버리고 벌벌 떠는 장병들에게만 총알이 비켜갔다.
그것은 전투라기보다 일방적인 학살에 가까웠다.
엄폐물이 있어도 사방으로 포위되어서 버티기가 불가능했다.
전차포가 포성을 일으키면 엄폐물 통째로 모든 것이 날아갔다.
참모장이 아이넴에게 다급히 외쳤다.
"장교와 병사들이 죽어갑니다! 본진이 놈들에게 점령되기 직전입니다!"

패배를 피할 수 없었고 덧없는 죽음만큼은 막고자 했다.
명예보다 살아남는 것이 더 중요했다.
"백기를 올려라! 놈들에게 항복할 것이다! 놈들에게 맞서지 마라……!"
"예! 사령관님……!"
눈이 벌겋게 충혈되어 있었다.
아이넴의 지시로 그를 위시하는 장교들이 급히 하얀 천을 찢어서 부대기에다가 걸었다.
그리고 그것을 들고 크게 흔들었다.
나부끼는 백기를 보고 안중근이 무전망을 열었다.
—부대 사격 중지! 백기다! 교전을 중단하라!
차량 밖에서 기계화보병이 사격 중지라고 크게 외쳤다.
그리자 순식간에 총성이 잦아들었고 독일 3군 사령부에 적막감이 찾아들었다.
온 바닥과 담벼락에 기대어 있던 독일 장병들의 구슬피 우는 소리만이 들렸다.
안중근이 무전기를 통해 독일어가 가능한 통역병을 찾았고 그에게 독일군에게 경고를 전하라고 명령을 내렸다.
허튼 짓을 벌이거나 아군 피해가 조금이라도 발생하면 전멸시키겠다는 경고를 전했다.
그리고 포탑의 뚜껑을 열었다.
전차 밖에서 살이 타는 냄새와 피 비린내와 화약 내음이 뒤섞여 안중근의 코를 마비시켰다.
이맛살을 찌푸리면서 백기가 올라온 곳을 쳐다봤다.

'저자가 총 지휘관인가 보군.'

나이가 꽤 있는 독일 장교가 서 있는 것을 봤다.

그에게 손짓을 하고 조금 전에 쩌렁쩌렁하게 외쳤던 통역병사를 찾았다.

무전으로 그를 사단장차로 보내라고 상급 지휘관에게 명령했다.

그리고 아이넴과 안중근이 얼굴을 마주했다.

포탑에서 상체만 내민 채 아래를 내려다보는 안중근을 아이넴이 힘없는 눈빛으로 올려봤다.

그에게 중근이 자신의 신분을 알렸다.

"나는 대조선제국 육군 1군단에 소속 된 1근위사단장 안중근 참장이오. 귀관이 총 지휘관이오? 이름과 계급이 어떻게 되오?"

정보국을 통해서 이미 알고 있었지만 신분을 확인하기 위해서 물었다.

안중근의 물음에 아이넴이 참담한 심정으로 대답했다.

"카를 폰 아이넴 대장이오… 독일 3군 사령관이오."

곧바로 중근이 군의 요구를 전달했다.

"지금 즉시 휘하 부대들에게 항복하라고 전하시오. 그렇지 않으면 우리의 압도적인 군사력으로 막대한 피해를 입게 될 거요. 무기를 버리고 두 손을 들라고 전하시오. 항복하면 포로로 대우하고 안전을 보장하겠소. 그 외에는 항복으로 인정하지 않고, 도주 또한 후환으로 간주해서 죽일 거요. 지금 즉시 명령을 내리시오."

정확한 요구와 경고를 전하고 항복하면 반드시 안전을 지켜준다는 약속을 받았다.

그것이 진짜인지 아닌지 알 수 없었지만 안중근의 요구는 매우 이성적이었다.

조선군을 대표하는 그의 요구를 받고 아이넴이 고개를 끄덕였다.

"알겠소. 지금 바로 항복하라는 지시를 내리겠소. 항복한 부하들을 꼭 지켜주시오."

마지막 부탁을 전했고 안중근이 고개를 끄덕였다.

아이넴이 검댕이 묻은 장병들을 전령으로 삼아 각 부대로 항복 명령을 전하게 했고 반나절 지나지 않아서 독일 3군에 속한 모든 부대가 항복했다.

그것은 영국군과 프랑스군이 이루지 못한 승리였고 역사에 길이 남을 대승이었다.

소수의 병력이더라도 진보한 무기로 무장하면 전장에서 어떠한 결과를 이루게 되는지 여실히 보여주는 한판이었다.

그로 인해 유럽은 크나큰 충격에 빠져들었다.

신조선책기

책임을 반드시 지게 하다

세상에 반전이 일어나던 순간이었다.

반격의 성공을 기다리는 영국 정부에 동쪽에서 일어난 일이 전해졌고 외무장관과 총리를 통해서 조지 5세가 보고받았다.

그의 앞에 로이드조지가 있었다.

독일과 러시아를 장악한 볼셰비키 사이에서 조약이 맺어진 사실이 전해졌다.

보고문을 읽으면서 조지 5세가 피식 웃었다.

"독일이 이긴 것과 다를 바 없군."

"러시아가 지배하고 있던 폴란드의 독립을 독일이 요구해서 볼셰비키가 들어줬습니다. 거기에 50억 마르크의 배상금을 지불하고, 심지어 볼셰비키의 적위군을 해산시킨다는 내용이 담겨 있습니다. 이 정도면 항복 문서에 서명한 수준입니다. 볼셰비키에게 좋은 조항이 단 하나도 없습니다. 독일이 요구한 것들을 모두 들어줬습니다."

로이드조지의 이야기에 조지 5세가 고개를 끄덕였다.

그리고 문서를 한번 더 살피고 난 뒤 말했다.

"덕분에 독일군이 서부 전선에 전군을 투입시키겠군."

"이미 협상 이야기가 오갈 때부터 전군을 배치시켰습니다. 아군의 마크 전차를 베낀 독일 전차를 비롯해 항공기와 야포까지 서부 전선에 모두 투입됐습니다. 그리고 지금쯤 결과가 나왔을 겁니다."

"경의 생각으로는 우리가 적의 전선을 뚫었을 것이라 보는가?"

"고려의 전차가 얼마나 강한지에 달려 있습니다. 이미 강한 것을 알고 있지만 수가 적어서 전장에서 어떤 위력을 발휘할지 가늠하지 못하고 있습니다. 그러나 곧 파악되리라고 봅니다. 내일쯤 보고가 전해질 것입니다."

조선군의 전차가 어떤 위력을 선보일지에 대해서 기대했다.

그리고 맹호라 불리는 전차에 대한 분석 보고가 전해지기를 기다렸다.

그것을 통해 신형 전차를 개발하고 전 세계를 아우르는 패권을 지키고자 했다.

다음 날 보고가 전해질 예정이었다.

조지 5세에게 외국 정세와 전황을 알리고 로이드조지가 총리집무실로 돌아가려 할 때였다.

국왕 집무실에서 노크 소리가 울려 퍼졌다.

조지 5세가 안으로 들어오라고 말하자 육군성에서 보낸 관리가 들어와서 인사했다.

그가 로이드조지에게 문서를 건네줬다.

"뭔가 이것은?"

"전과 보고입니다. 마른강 유역에서 아군이 대승을 이뤘습니다."

"……!"

관리가 주는 문서를 받아다가 안의 내용을 살피고 눈을 크게 키웠다.

놀란 로이드조지를 보고 있던 조지 5세가 물었다.

"어떤 내용인가?"

그 물음에 멍한 모습을 보이던 로이드조지가 조지 5세에게 문서를 넘겨줬다.

"설명해드려도 이해하기 힘드실 겁니다. 고려군의 전투 과정이 너무나 비현실적입니다. 아군 지휘부의 예상을 뛰어 넘었습니다."

건네받은 문서를 읽다가 조지 5세 또한 동공을 확장시켰다.

문서를 들고 있던 손이 떨렸고 장이 넘겨질 때마다 파도처럼 충격이 밀려왔다.

믿어지지 않는 말투로 로이드조지에게 물었다.

"이게 정말… 가능한 일이란 말인가…? 포격과 공중폭격과 전차 기동으로 적의 지휘부를 날려 버리다니… 어떻게 이런 일이……."

조선의 군사력이 세상에 드러났다.

해상과 육상, 공중에서 만국의 군대를 압도하고 심지어 통합적인 타격 전술까지 벌이고 있었다.

그런 조선군의 전력이 도저히 믿어지지 않았다.

로이드조지가 입술을 질끈 물면서 조지 5세에게 말했다.

"우리가 지난 몇 년 동안 못 했던 일을 고려가 고작 몇 시간 만에 해냈습니다. 이번 전쟁이 끝나면 고려는 최강국으로 거듭날 것입니다. 그 기세는 비스마르크 시절의 독일과 맞먹을 겁니다……."

더 이상 방심할 수 없었다.

그것을 위해 오만한 생각을 내려두고 조선이 영국의 국력에 이르렀다는 생각을 하게 됐다.

아니, 넘어섰다는 것을 인정했다.

100만 대군이 온 힘을 다해서 부딪쳐도 뚫을 수 없었던 곳을 조선이 1만 군사의 힘으로 단번에 돌파하고 적의 중심을 무너뜨려 놓았다.

* * *

독일의 황도인 베를린에도 이내 소식이 전해졌다.

카이저 빌헬름 2세에게 패전 보고가 전해졌다.

"지금 뭐라고 했나? 3군 사령관이 적에게 항복해……?"
"예. 폐하… 생포되어서 포로로 사로잡혔다고 합니다… 그가 항복하라고 내린 명령 때문에 3군 병력도 포로로 사로잡혔습니다……."
"바보 같은! 정말 무능하다! 사력을 다해서 싸우지 않고 어찌 감히 투항을 벌인단 말인가?! 놈의 항복 때문에 짐의 군대가……!"
"전차 때문입니다……!"
"무어라?!"
"고려와 미국의 전차 부대에 의해 아군 방어선이 그대로 뚫렸습니다! 미군 전차도 전차지만… 고려군의 전차는 완전히 괴물입니다……!"
"바보 같은……!"
"놈들의 기갑 부대에 아군 사령부가 궤멸됐습니다! 폐하……!"
힌덴부르크의 보고에 빌헬름 2세가 얼어붙었다.
조선군의 참전을 걱정했고 막상 선전포고가 이뤄졌을 때 부대의 수가 적음에 그나마 불행 중 다행이라고 여겼다.
그러나 실상은 조선이 독일을 상대로 총력전을 벌일 필요가 없기에 그랬던 것뿐이다.
인질이 탈출될 때 남쪽 전선이 돌파 당했던 것을 기억했다.
나름 그 일을 반면교사 삼아 조선군이 마른강변에 배치되었다고 했을 때 포대를 증강하며 만반의 준비를 하고 상대하려고 했다.

그러나 회심으로 잘 연마된 방패가 그대로 뚫려버렸다.

뚫리다 못해 십수만 대군을 지휘하는 군 사령부가 통째로 사라지게 됐다.

그러나 그것이 끝은 아니었다.

힌덴부르크에게 급보가 전해지고 문서를 든 그의 표정을 보면서 빌헬름 2세가 불안을 느꼈다.

"무…무슨 일인가……?"

비보가 빌헬름 2세에게 전해졌다.

"황태자 전하께서……."

"황태자가 왜……?"

"황태자 전하께서 적에게 생포되셨다 합니다… 3군을 공격했던 고려의 전차 부대가 그대로 전하의 사령부로 공격해서……."

자식이 사로잡혔다는 사실에 카이저가 소리를 질렀다.

"그걸 내게 믿으란 말인가?!"

빌헬름 2세의 눈은 충혈되어 있었다.

힌덴부르크는 더 이상 보고를 전하지 못했다.

마른강 유역에 3군 외에 1군과 7군, 9군이 배치되어 있었고 4개 군과 일부 독립 부대를 황태자인 '빌헬름 폰 프로이센'이 지휘하고 있었다.

그는 군 사령관보다 높은 집단군 사령관이었다.

또한 원수 계급으로 빌헬름 2세 대신 독일의 상징으로 군을 지휘하고 있었다.

그런 황태자가 조선군에 사로잡혔다.
머리가 잘려나가면서 지휘체계를 잃은 독일의 100만 대군이 완전히 마비됐다.
서부전선의 독일 제국군이 무너지고 있었다.
"황태자가 사로잡히다니… 이를 어찌한단 말이냐……."
연이어 패전 보고가 전해졌다.
"2군과 5군이 적에게 패했습니다! 방어선이 밀려나고 있습니다! 폐하!"
육군부의 장교가 급히 집무실로 와서 보고했다.
그의 보고에 빌헬름 2세와 힌덴부르크의 몸이 경직됐다.
눈동자를 떨다가 자리에서 주저앉았다.
"어떻게 이런 일이……."
현실을 부정할 수 없었다.
"정녕… 놈들을 막을 수 없단 말인가……?"
사시나무 떨 듯 떠는 빌헬름 2세에게 힌덴부르크가 말했다.
"세상의 어떤 군대도 고려군을 상대할 수 없을 겁니다… 놈들이 이 전쟁에서 이겼습니다……."
절망이 독일 전역을 채우기 시작했다.
협상국의 대공세가 벌어지는 가운데 조선의 근위 1사단과 미국의 전차 부대가 송곳처럼 독일 영토 안으로 파고들었다.
수년 동안 유지되던 전선이 동쪽으로 밀려났다.

독일 북쪽 해상에서는 연일 포격이 이뤄지고 조선의 항공모함에서 함재기 출격이 이뤄졌다.

붉은 남작을 중심으로 하는 독일의 공중 전력도 지워졌다.

더 이상 어떤 군대도 독일의 땅을 지킬 수 없었다.

오스트리아—헝가리 제국과 오스만 제국도 영국과 프랑스 연합군에 의해서 패퇴했다.

그런 전황이 미국 대통령인 윌슨에게 전해졌다.

전쟁부 장관인 '뉴턴 딜 베이커'가 앞에 서서 문서를 전하고 전쟁 도중에 찍힌 사진들을 건네줬다.

문서와 사진을 확인하고 윌슨의 표정이 어두워졌다. 그리고 베이커에게 물었다.

"만약, 지금 우리와 고려군이 맞붙는다면 누가 이기겠소? 장관의 판단은 어떠하오?"

부통령인 마셜이 집무실에 함께 있는 가운데 그의 시선이 베이커에게 향했다.

집무실의 모든 이가 주목한 가운데 베이커가 전쟁부에서 분석한 결과를 알려줬다.

윌슨의 짐작대로였다.

"고려가 이길 겁니다."

대답을 듣고 윌슨이 다시 물었다.

"무슨 근거로 고려가 이길 것이라 예상하는 거요?"

베이커가 조선이 이기는 이유를 들었다.

"육해군이 완벽하기 때문입니다. 우선 육군에서 고려의

전차와 우리 전차를 비교해본 결과 포신 구경이 훨씬 더 크고 장포신이기도 합니다. 거기에 실전에서 분석한 결과 정확도도 훨씬 높습니다. 모양이 비슷해서 성능 또한 비슷한 줄 알았는데 그게 아니었습니다. 이미 장병들 사이에서는 고려의 무기가 최고라고 이야기하고 있습니다. 병력을 수송하는 장갑차도 고려 것이 훨씬 더 튼튼하고 기동성이 있습니다. 그것을 통해 수준 높은 기동 전술을 보입니다. 해군의 경우 항공모함을 앞세운 고려 해군이 훨씬 더 강력합니다."

함재기에 관한 것과 독일의 U보트를 조선군 전단이 사냥한 사실을 알려줬다.

거기에 전투기와 급강하폭격기, 해상초계기를 포함한 조선의 공중 전력을 전하고 미군이 다소 전력에서 떨어지는 사실까지 알렸다.

무엇보다 병사 한명 한명의 전투력이 다르다는 사실을 윌슨에게 말했다.

"고려의 무기 중 한 삼식 소총이라는 소총이 있습니다. 8발을 장전 과정 없이 방아쇠를 당기는 것만으로 소총 사격을 가할 수 있습니다. 더해서 고려의 기관총은 분당 천발 넘게 쏠 수 있어서……."

"천발? 지금 천발이라고 하였소?"

"예. 각하."

"맙소사……!"

"한 육식 기관총입니다. 그리고 한 칠식 기관총은 중기관총으로 불리면서 영국에서 탱크라 불리는 마크 전차와 독일 전차의 장갑을 뚫을 수 있습니다. 그 외에 고려군의 야포는 협상국 중 최고 사정거리를 자랑합니다."

보고를 듣다가 기막힌 표정을 지으며 윌슨이 물었다.

"언제부터요?"

"예?"

"언제부터 고려가 우릴 앞선 것이오? 20년 전만 하더라도 고려는 동방의 미개 나라이지 않았소? 일본과 러시아 사이에서 식민지가 될 뻔했던 것으로 아는데 그런 나라가 우리뿐 아니라 영국마저도 넘어섰다고?"

"그것이……."

"고려가 정의로운 나라인 것은 분명하나, 그들의 국력이 우리의 국력을 압서는 것을 용납할 수 없소. 더군다나 우리가 지원하고 도왔던 나라라면 말이오."

베이커는 윌슨의 말을 듣고만 있었다.

"저번에 고려가 전차를 개발하고 실전에 투입했을 때도 나는 우리가 그런 무기를 충분히 만들 수 있다고 생각했소. 그렇게 되어야 하는 것이 상식적인 것이니까. 그런데 지금은 내 예상이 완전히 빗나갔소. 고려의 무기는 세계 최고고 우리는 뒤따르는 형국이오. 더해서 기술과 산업에 있어서도 마찬가지지요. 당장에 표면적으로는 우리가 훨씬 문명적인 나라로 보이지만 장기적으로는 고려가 우리의 국력을 앞설 것이오. 그런 상황에서 더 이상 고려를 돕거나 지원할 수 있겠소?"

베이커는 윌슨이 무슨 말을 하는지 이해했다.

"물론 우리 기업들이 고려에서 이익을 얻고 정부에 막대한 세금을 내고 있지만 반드시 원인 분석은 해야 할 것이오. 그저 천군이라는 단체가 고려에서 실권을 가졌다는 것만으로는 이유가 될 수 없소. 고려가 잘 나가는 이유를 반드시 밝혀야 하오."

원인이 어디에 있는지는 몰랐지만 비정상적인 상황이었다.

불과 20년 만에 중세시대와 다를 바 없는 시절을 보내던 나라가 단번에 산업화를 이루고 압도적인 군사력으로 세계의 패권을 쥐려하고 있었다.

반드시 원인이 있을 거라고 생각했다.

윌슨의 예리한 감각이 조선의 산업화를 이뤄낸 회사들에게로 향했다.

"조선에 진출한 회사들이 원인일 수 있소. 그들 회사들을 조사해 보시오. 분명히 뭔가가 있을 거요."

"예. 각하."

"그 회사들을 뒤져서라도 원인을 모른다면 신의 뜻일 거요."

포드모터스를 비롯한 회사의 주식을 윌슨 또한 보유하고 있었다.

그러나 그는 사익만큼이나 이상과 신념도 중요하게 여기는 사람이었다.

그의 지시를 마셜이 받았고 회의가 끝내는 대로 각 부를 통해 조사하려고 했다.

회의가 끝나기 전에 윌슨의 책상에서 전화벨 소리가 일었다.

윌슨이 직접 수화기를 들었다.

“대통령이오.”

안에서 익숙한 사람의 목소리가 울려 퍼졌다.

—국무부장관입니다.

“말하시오.”

—독일의 카이저가 17일에 중대발표를 한다고 합니다. 아무래도 항복 선언을 할 것 같습니다. 각하.

1918년 3월 17일이었다.

사라예보에서 오스트리아 황태자가 암살당한지 4년이었다.

* * *

베를린에서 카이저 빌헬름 2세가 중대 발표를 예고했다.

신문기자들이 궁전 안으로 들어갔다.

그리고 빌헬름 2세의 집무실에서 어느 정도 예상이 되는 발표를 들었다.

독일 사람들의 가슴에 좌절감이 채워졌다.

“사라예보에서 불행이 닥쳐왔소. 세르비아 청년이 오스트리아헝가리 제국의 황태자를 암살했고 우리는 오스트리아헝가리 제국과 맺은 조약의 신뢰를 위해 전쟁을 선포

하고 우릴 위협했던 무리들을 일거에 소탕하려고 했소. 그러나 그것이 독일 제국 청년들을 죽이는 일이 될 것이라곤 생각하지 못했소. 이제 짐은 결단하고자 하오. 이 나라를 지키기 위해서 마지막까지 싸울 것인지, 지금이라도 전쟁을 중단해서 독일 청년들을 구할 것인지 말이오… 짐은 협상국에게 항복을 선언하는 바요."

마지막 말이 사람들의 심장을 파고들었다.

기자들 중 일부는 드디어 전쟁이 끝났다고 생각했고, 일부 기자는 눈물을 흘리면서 독일 제국의 패전에 슬퍼했다.

집무실에 있던 독일 제국 대신들도 눈물을 흘렸다.

연설문을 모두 읽은 빌헬름 2세가 입술을 질끈 물다가 자리에서 일어났다.

"이상이다."

사진기의 불빛이 번쩍였다.

협상을 원한다는 카이저의 뜻이 온 세상에 전해졌다.

그리고 그 소식은 이내 한양으로도 전해지게 됐다.

외부대신인 민영환이 장성호와 함께 협길당으로 향했다.

"카이저가 항복을 선언했고 현재 협정을 맺기 위한 협상을 진행 중입니다. 독일의 항복 선언으로 교전은 잠시 중단 된 상태입니다. 영길리와 불란서, 미리견 등이 독일에 요구 사항들을 전하고 있습니다."

민영환의 보고에 이희가 고개를 끄덕였다.

그리고 협상국이 내건 요구를 물었다.

"요구 사항이 무엇인가?"

장성호가 대답했다.

"크게는 배상금과 영토, 군대 제한, 상황에 따라서는 군정 설치를 요구할 수도 있습니다. 하지만 군정의 경우 독일이 거부하고 협상국들도 크게 기대하지 않을 겁니다. 그저 협상 전술을 위해서 군정을 요구할 겁니다."

"카이저에 대한 처벌 요구는?"

민영환이 대신 대답했다.

"요구하겠지만 처벌은 힘들 겁니다. 독일 정부가 그것을 수용하더라도 카이저가 망명을 택할 겁니다. 다른 나라에 망명하면 그를 처벌하기가 힘듭니다."

"그를 보호해줄 수 있는 나라가 있는가?"

"화란입니다. 화란은 이번 대전에 참전하지 않았고 협상국과 동맹국 양쪽으로 우호 관계를 여전히 유지하고 있습니다. 더군다나 서양에서는 무리해서 군주를 벌하는 경우가 없었기에……."

"망명이 이뤄지면 협상국에서도 처벌을 포기하겠군."

"대신 카이저의 정치를 금지하는 선에서 정리될 겁니다. 오스트리아헝가리 제국을 비롯한 다른 나라들도 비슷한 선에서 절충되고 협상이 치러질 겁니다. 몇 달 안에 협정이 맺어질 겁니다."

민영환의 이야기를 듣고 이희가 쓴 미소를 지었다가 지웠다.

그의 생각을 알아차린 장성호가 먼저 물어봤다.
"카이저에 대한 처벌을 원하십니까?"
"그렇다. 짐이기 때문이 아니라, 짐이 조선인이기 때문이다. 감히 조선인을 건드린 카이저와 그 일을 주동한 자를 가만히 두지 않을 것이다."
"그렇다면 하명하시옵소서. 독일의 카이저를 반드시 법정에 세우겠습니다. 그와 폐하의 백성을 위협한 자들을 벌할 것입니다."
이희가 황명을 내렸다.
"독일 카이저의 신병을 반드시 확보하라. 백성을 대신해 그를 벌할 것이다."
"황명을 받들겠습니다."
황명을 받고 협길당에서 나왔다.
신을 신고 나오면서 민영환이 하늘을 보면서 한숨을 쉬었다.
그리고 곁에 있던 장성호에게 말했다.
"이제 전후수습이 매우 중요해졌습니다. 전쟁이 크게 터져도 너무 크게 터져서 어떻게 정리해야 할지 엄두가 나지 않군요. 한숨이 절로 나옵니다."
조선도 전쟁 당사국이었다.
외부대신으로 협상을 어떻게 주도할지에 대해서 민영환이 장성호에게 고민을 토로했다.
그의 말에 장성호가 방향을 제시했다.
"공정하고 처벌은 확실해야 합니다. 때문에 카이저를 반드시 벌해야 합니다. 하지만 독일이라는 나라 자체는 다릅니다."

"무슨 뜻입니까?"

"카이저에게 충성을 맹세하고 그를 따른 독일 국민들이 책임져야 하지만, 그들을 사지로 몰아서는 안 된다는 이야기입니다. 복수를 위한 복수를 벌이면 또 다른 화근을 만드는 법입니다. 궁지에 몰린 쥐도 고양이를 무는 법입니다. 그 쥐가 억한 심정에 고양이를 물려고 힘을 기를 수도 있습니다."

장성호의 이야기를 듣고 민영환이 고개를 끄덕였다.

"특무대신의 말씀을 깊이 새겨듣겠습니다. 조언해주셔서 감사합니다."

협상의 방향을 정하고 100년의 화평을 준비하려고 했다.

외부로 바삐 걸어가는 민영환의 뒷모습을 장성호가 봤다.

그리고 그 또한 전시 업무를 위해서 정보국으로 향했다.

정보국에서는 미리 특정 인물에 대한 추적을 벌이고 있었다.

그 인물에 관한 정보를 장성호가 확인하고 눈을 크게 키웠다.

독일의 첩보를 종합하는 실장에게 장성호가 물었다.

"그게 정말 사실입니까……?"

"예. 특무대신."

"알겠습니다… 나가서 하던 일을 해주십시오……."
"예. 이만 물러나겠습니다."
실장의 보고가 믿어지지 않았다.
그가 나간 뒤 한동안 생각에 잠겼다가 책상 위에 있던 전화기의 수화기를 들었다.
그리고 총리부로 연락했다.
총리부에서 김인석이 전화를 받았다.
—총리입니다.
"특무대신입니다. 총리대신."
—자네였군. 말하게.
장성호의 입가에 미소가 배어들었다.
"히틀러가 죽었습니다. 뮌헨에서 우리 직원들과 공관원들을 구할 때, 성탑을 지키다 저격된 초병이 있었는데 그가 히틀러였습니다. 나치의 미래가 사라졌습니다."
히틀러뿐만이 아니라 나치를 구성하는 주요 인물들이 사망했다.
그중 한 사람이 조선 공군과 전투를 벌이다 전사한 괴링이었다.
그는 후에 나치에 입당하고 나치독일의 공군 사령관이 되는 인물이었다.
히틀러가 정권을 취하기 전엔 그에게 인지도를 높여주는 큰 역할을 했다.
물론 살아남은 주요 구성원들이 있었다.
—괴벨스와 히믈러 등이 남았군.

"예. 하지만 아직은 너무 어립니다. 어리기에 독일이 변하면 충분히 바뀔 수 있습니다. 구심점과 계기를 만들어주는 사람이 죽었으니 새로운 미래가 펼쳐질 수 있습니다. 그 미래를 우리가 이끌어야 합니다."

전화에서 잠시 동안 침묵이 이뤄졌다.

그러다가 김인석이 무겁게 입을 열었다.

—큰 전쟁은 한번으로 족하네. 히틀러 대신 독일의 카이저를 반드시 법정에 세우는 것으로 모든 것을 끝내세. 그리고 새롭게 재편되는 세계를 우리가 쥐는 것일세.

"예. 총리대신."

단 한번의 세계 대전으로 모든 비극을 끝내길 원했다.

책임 소재를 명확히 하고 다시 큰 전쟁이 일어나는 것을 막기 위해 계획을 세우기 시작했다.

계획대로 될지는 아무도 몰랐지만 그것이 바른 길이라고 생각했다.

협상국과 동맹국 사이에서 교전이 잦아들었다.

그러나 포구는 독일 영토로 향해 있었고 조선군이 선봉이 된 협상국 전체는 언제든지 동진을 벌일 준비를 취했다.

* * *

그 사이 독일 외무장관이 협상단을 이끌고 프랑스로 향했다.

외무장관의 이름은 '게오르그 폰 헤트링'이었다.

그는 협상이 이뤄지는 곳이 어디인지를 보고 고개를 떨어트렸다.

눈앞에 펼쳐진 풍경은 독일인 중 어느 한 사람도 모를 수 없는 풍경이었다.

'베르사유 궁전에서 협상을 치르겠다니… 프랑스 놈들이 우릴 상대로 제대로 복수하는 구나…….'

독일 제국을 세운 '오토 폰 비스마르크' 덕분에 프랑스가 독일의 국력에 짓눌렸고 치욕을 경험한 적이 있었다.

그 절정은 독일 황제의 즉위식이 프랑스의 상징이라 할 수 있는 베르사유 궁전에서 치러지는 것이었다.

그리고 이제는 그곳에서 독일이 항복하는 것에 대한 협상이 치러지려고 했다.

협상이 끝나면 어떤 식으로든지 철저히 독일에게 불리하게 조약이 맺어질 수밖에 없었다.

무거운 발걸음으로 헤트링이 안으로 들어갔다.

협상 과정이 속속들이 빌헬름 2세에게 전해졌다.

보고를 받은 빌헬름 2세가 크게 분개했다.

"지금 뭐라고 했나? 짐을 감히 처벌하겠다고?!"

"예. 폐하."

"대체 어떤 나라인가?!"

"협상국 거의 모든 나라입니다. 특히 고려가 폐하를 전쟁 범죄를 저질렀다고 반드시 법정에……."

"원숭이 놈들이 감히! 짐을 모욕해?! 고려인들을 나름 잘 대우했는데 이딴 식으로 배은망덕을 벌여?!"

"죄송합니다. 폐하……."

"죽일 놈들……!"

자신을 처벌하겠다는 조선과 협상국의 요구에 빌헬름 2세가 크게 분노했다.

그러면서 손을 벌벌 떨었다. 공포와 두려움이 그의 정신과 신체를 지배하기 시작했다.

떨리는 목소리로 힌덴부르크에게 물었다.

"정녕… 놈들이 짐을 처벌하겠는가……?"

힌덴부르크가 힘들게 대답했다.

"잘 모르겠습니다. 하지만 놈들이 목표가 전쟁 승리가 아니고 폐하를 처벌하는 것이라면… 협상은 결렬되고 적이 다시 동진을 벌일 겁니다. 그리고 놈들을 막을 수 있는 전력이 아군에게 없습니다. 결국 다시 패하고 폐하께서는……."

"놈들에게 치욕스럽게 사로잡히겠군… 그리고 날 죽이려 하겠지. 짐은 카이저인데 말이야… 절대 놈들에게 잡혀서는 안 돼……!"

교수대에 서는 것을 두려워했다. 아니, 어떤 죽음이라도 받아들이기가 힘들었다.

무병장수하면서 끝까지 생의 끈을 잡고 싶다는 것이 진심이었다.

그런 빌헬름 2세를 보면서 힌덴부르크가 묘안을 냈다.

"퇴위하시는 것이 어떻겠습니까?"

"퇴위라고……?"
"그렇게 하시면 중립국인 네덜란드에서 폐하의 망명을 받아줄 겁니다. 네덜란드로 망명하시면 더 이상 협상국도 어쩔 수 없을 겁니다."
힌덴부르크의 의견을 듣고 그의 팔을 붙들면서 빌헬름 2세가 부탁했다.
"그러면 짐이 퇴위할 테니 망명할 때까지 지켜주겠는가? 그렇게 해줄 수 있겠나……?"
카이저의 애원에 힌덴부르크가 고개를 끄덕였다.
"예."
황실의 후계에 대해서도 물었다.
"짐이 퇴위하면 누가 이 나라를 통치하는가?"
"임시 정부가 독일을 통치할 것입니다. 그리고 황실은 독일 국민들의 뜻에 따라 바로 서게 될 겁니다."
"정녕… 짐이 이 나라를 떠나야 하는가……?"
"떠나셔야 목숨을 구명할 수 있습니다. 제가 폐하의 재산을 지켜드리겠습니다."
"크흑…! 흐흐흑……!"
힌덴부르크를 붙잡은 채로 주저앉았다.
목숨과 황실의 재산을 제외하고 모든 것을 잃었다.
독일 황실의 대가 자신의 대에서 끝난다는 것이 믿어지지 않았다.
그럼에도 살고자 하는 의지에 그것을 받아들이고 결단하기로 했다.

빌헬름 2세가 망명의 길을 택했다.
“네덜란드로 망명하겠다… 비밀리에 사람을 보내서 답변을 받으라.”
“예. 폐하.”
카이저의 마지막 황명을 힌덴부르크가 받았다.
독일과 국경을 접하면서 동시에 중립을 지켜낸 네덜란드에 독일 제국의 관리가 비밀리에 도착했다.
그가 빌헬름 2세의 망명을 타진하고 답변을 듣고 베를린으로 돌아왔다.
세계 정치에 관해서 침묵을 지키는 것을 조건으로 네덜란드가 빌헬름 2세의 망명을 받아들였다.
베를린을 떠나기 전에 빌헬름 2세가 패전을 책임지겠다는 뜻으로 퇴위를 선포했고 힌덴부르크를 중심으로 하는 임시 정부에게 권력을 넘긴다는 발표를 했다.
그로 인해 독일이 뒤집어지고 세상이 큰 충격을 받았다.
퇴위 발표가 이뤄진 날 밤에서 이른 새벽이었다.
해 뜨기 전 칠흑 같은 어둠이 세상을 채우고 있을 때 베를린 카이저 궁전에서 차량 몇 대가 출발했다.
그 안에 빌헬름 2세와 그의 가족들이 타고 있었다.
착잡한 심정으로 동쪽에서 태양이 떠오르는 것을 봤다.
‘이렇게… 독일을 떠나는가……?’
눈물이 멈추지 않았다.
집이라 생각했던 독일을 떠나 살아서 돌아올 수 있을까라는 생각을 했다.

빌헬름 2세가 탄 차가 도외지의 한 다리에 이르렀을 때였다.

운전하던 병사의 눈에서 뭔가 움직이는 것이 보였다.

"음?"

퍽!

"이런! 필립!"

쨍그랑!

"커헉!"

운전수가 죽고 조수석에 타고 있던 장교가 흉탄을 맞고 정신을 잃었다.

그와 함께 방향을 잃은 차가 다리 난간을 들이받고 하천 아래로 떨어졌다.

그 모습을 보고 두번째 차의 운전수와 장교가 놀라게 됐다.

다리 입구에서 정체불명의 괴한들이 나타나 어깨에 올린 것을 조준했다.

그것으로부터 무언가가 발사 되어서 날아들었다.

쾅!

"이게 무슨 소리야?"

폭음이 울려 퍼지며 차에 타고 있던 빌헬름 2세가 놀랐다.

그가 탄 차는 세번째 차량이었다. 조수석의 장교가 돌아보면서 크게 외쳤다.

"자세를 낮추십시오! 폐하!"

타타탕! 타탕!

퍽!

"세상에!"

저격을 받고 근위대 장교의 머리가 터졌다.

몸을 낮춘 빌헬름 2세가 벌벌 떨었고 네번째 차에서 급히 근위병들이 하차했다.

그들을 상대로 총탄이 날아들었다.

소름 돋는 연사 총성이 울려 퍼졌고 사람들의 비명 소리가 일었다가 순식간에 지워졌다.

빌헬름 2세가 타고 있던 차의 문이 덜컥하면서 울려 퍼졌다.

차 밖에서 군장을 착용한 자들이 모습을 드러냈고 그들이 빌헬름 2세의 두 다리를 잡고 끌어냈다.

극도의 공포에 카이저였던 자가 비명을 질렀다.

"으아악!"

그의 얼굴로 주먹이 날아들었다.

퍽!

"윽!"

신음이 비명을 대신했고 이내 그의 입으로 천 뭉치들이 채워졌다.

그리고 입과 뒤통수로 천이 감기면서 그의 비명 소리가 입안에서 공허하게 울려 퍼졌다.

뒤의 차에 타고 있던 빌헬름 2세의 아내인 '아우구스테 빅토리아'가 하차해서 벌벌 떨었다.

무장했던 근위대가 전멸했고 두번째 차량이 화염에 불탔다.

그런 풍경을 보다가 자신의 머리털을 잡은 이에게 시선이 향했다.

"네놈이 지은 잘못을 확실하게 책임져야지. 안 그래?"

"으읍!"

"인생 편하게 살려고 하지 마. 네놈은 명백하게 납치범에 인질범이니까. 반드시 죗값을 치러야 해."

흑발의 장교가 빌헬름 2세에게 말했다.

조선말로 된 그 말을 들은 빌헬름 2세는 머리털이 곤두서는 것을 느꼈다.

김상옥이 그와 얼굴을 마주하고 있었다.

"두건 씌워."

"예. 조장님."

"으읍!"

대원들이 빌헬름 2세의 머리에 두건을 씌웠다.

그 모습을 보면서 빅토리아가 오열했고 김상옥과 대원들은 오직 빌헬름 2세의 신병만 확보한 채 다리 아래의 하천가로 향했다.

금성차에서 개발한 모터엔진을 단 보트에 포박 된 빌헬름 2세를 태우고 하류를 향해서 달리기 시작했다.

그 모습을 보며 시종들이 부르짖었다.

"폐하!"

폭음을 듣고 독일군이 달려왔을 땐 무려 1시간이 지나서였다.
전령이 오가고 김상옥과 대원들을 잡기 위한 포위망을 펼쳤을 땐 이미 대원들이 큰 강을 통해서 해상으로 빠져나간 이후였다.
바다는 이미 조선과 영국 함대가 장악하고 있었다.
두건을 쓴 빌헬름 2세가 사방에서 일어나는 인기척을 느끼며 두려움에 떨었다.
손이 묶인 양 팔이 붙들리면서 어딘가로 끌려갔다.
얼마 후 의자 위에 앉혀지자 그의 두건이 벗겨졌다.
약한 전등 빛조차도 그의 눈을 부시게 만들었다.
인상을 쓰는 빌헬름 2세의 앞에 군복을 입은 장교가 서 있었다.
그는 조선원정군의 사령관이었다.
"안녕하시오."
통역이 전해지고 빌헬름 2세가 물었다.
"누…누구냐……?"
사령관이 대답했다.
"대조선제국 공군 참모총장을 맡고 있는 노백린 대장이오."
"고…고려 제국……?"
"그렇소. 조선 공군이오. 그리고 원정군 사령관을 맡고 있소. 내 알기로 독일 황제라는 작자가 나라를 팽개치고 화란으로 가려했다고 하던데, 참으로 보기가 좋지 않소. 적어도 전쟁 범죄를 저지른 책임은 확실히 져야지."

“……?!”
놀란 빌헬름 2세가 고개를 이리저리 돌리면서 주위를 돌아봤다.
“여…여기는 어디냐?! 짐을 어디에다……!”
노백린이 알려줬다.
“적어도 독일만큼은 아니오. 불란서 어느 도시인 것만큼은 분명하지. 단언컨대 독일의 군주는 반드시 책임을 지게 될 거요. 그러니 기대하시오. 법정에서 합당한 처벌을 받게 될 것이오. 우리는 조선과 우리 백성들에게 해를 가한 자를 절대 용서하지 않을 거요.”
노백린의 말에 빌헬름 2세가 얼어붙었다.
그를 노려보는 특임대 대원들과 원정군 장교들의 시선이 파고들었다.
그의 얼굴을 향해서 불빛이 번쩍였다.
“뭐…뭐냐?!”
앞에 사진기를 든 장교가 있었고 빌헬름 2세가 섬뜩함을 느꼈다.
그리고 다시 입에 천이 물려지고 두건이 쓰여졌다.
“으읍! 읍!”
노백린이 참모에게 지시를 내렸다.
“한양에 보고하고 협상국 지휘관들에게 전하게. 우리가 독일 카이저의 신병을 확보하고 있다고 말이야. 놈들에게 두려움을 심어줘야 하네.”
“알겠습니다.”

빌헬름 2세를 납치한 것은 비수였다.

그런 비수를 언제든지 날려서 수뇌의 목을 따낼 수 있다는 것을 알리고자 함이었다.

그것을 통해 만국이 조선을 두려워하도록 만들려 했다.

존중과 경외는 그로부터 생겨나는 것이다.

며칠 뒤 런던으로 사진 몇 장이 전해졌다.

사진을 본 조지 5세가 경악했다.

"이 사진, 조작이 아니라 사실인가?!"

조지 5세가 물었고 로이드조지가 차분하게 대답했다.

두 사람의 표정이 매우 심각했다.

"사실입니다."

"독일 중심에서 빌헬름이 납치됐는데 그것이 고려의 특수 부대가 벌인 것이라고……?"

"특임대라고 합니다. 전시에 요인 암살, 폭파, 납치, 교란 작전, 심지어 방첩까지 담당하는 특수 부대라고 합니다. 뮌헨에서 인질을 구출했던 것도 특임대였다고 합니다. 고려군의 말로는 적지 한복판을 얼마든지 오가면서 수뇌를 참수시킬 수 있다고……."

"설마 짐에게 하는 말은 아니겠지?"

"그렇게 들으실 수 있겠지만 고려는 우리의 동맹국입니다. 그것만큼은 사실입니다."

한 편이라는 것이 다행이라는 생각이 들었다.

그러나 특임대에 대한 경계를 지울 수 없었다.

혹시나 하는 생각으로 조지 5세가 물었다.

"만약 고려로부터 첩보를 취하려고 하면……."

로이드조지가 무겁게 대답했다.

"특임대가 나설 겁니다. 그리고 조선에는 특임대 외에 정보국이라는 첩보 기관이 있습니다. 적어도 이런 부분에서는 고려가 압도적으로……."

"전부겠지! 이제는 짐조차도 부정할 수 없어! 짐이 가지고 있는 것은 영토와 바다뿐일세! 지금 우리가 고려와 맞붙는다면 패하지 않도록 발버둥 쳐야 할 것이네!"

"예. 폐하……."

이미 전에 조선을 강국으로 인정했다. 그리고 이제는 진정으로 두려워하게 됐다.

조선을 업신여기는 것은 영국을 쇠퇴의 길로 접어들게 만드는 것과 다름없었다.

"우리도 고려의 특임대 같은 부대를 창설해야 하네. 육군장관과 해군장관과 논의해서 보고하게."

"알겠습니다. 폐하."

조선이 하는 것을 영국에서도 행하고자 했다.

빌헬름 2세가 체포되면서 독일 임시 정부의 좌절감은 이루 말할 수가 없었다.

비록 외교 전략에서 실패를 드러냈지만 빌헬름 2세는 독일의 카이저였고 수많은 귀족과 장교들로부터 존경을 받고 있었다.

오히려 자신들이 무능해서 그를 지키지 못했다고 생각하는 자들도 있었다.

협상에서 큰 목소리를 낼수록 빌헬름 2세의 신변의 안전이 불안해진다.

그로 인해 외무장관인 헤트링은 협상국이 요구하는 대로 들어줄 수밖에 없다고 생각했다.

모든 이들이 그와 같은 생각을 했다.

그러나 변수가 엉뚱한 곳에서 생겨나면서 독일에 대한 처벌 수위가 낮아지기 시작했다.

조선이 파멸을 소망하는 영국과 프랑스의 요구를 가로막았다.

복수의 끈을 끊음으로써
큰 전쟁을 막다

평화협정을 맺기 위한 협상장에서 고성이 오갔다.

독일에서 주재했던 전임 영국 공사가 영국 협상단을 대표했고 프랑스 외무장관과 조선 공사가 나라 별로 대표하며 회의를 벌였다.

그들 사이에서 헤트링은 가시 방석 위에 앉아 있었다.

그는 독일을 사이에 두고 어떻게 찢어 먹을 것인가에 대해 이야기하는 것을 지켜봤다.

배상금을 논의하다가 프랑스 외무 장관이 언성을 높였다.

"배상금을 줄이자니?! 그게 무슨 말이오?! 지금 독일을 봐주자는 것이오?!"

'스테판 피숑'의 물음에 조선 공사가 대답했다. 그의 이름은 '조용하'였다.

"봐주는 것이 아니라, 그저 복수를 위한 처벌을 하지 말자는 이야기요. 프랑스에서 요구한 배상금 중 절반이라도 독일이 감내하기 어려운 막대한 배상금이오. 그런 배상금을 온전히 다 받아낼 수 있겠소? 장담하건대 독일이 파산하면 결국 그 빚을 지워야 하는 사태가 벌어지게 되오. 그러면 배상금을 다 못 받는 것은 당연하고 후일에 독일이 이를 갈면서 복수하려고 들 것이오."

"그래서 군사력 보유를 제한하는 것이 아니오! 그렇게 해서……!"

"우리가 죽고 나서도 그것이 지켜지리라고 보시오?"

"뭐라고?"

"당장 볼셰비키 러시아만 보더라도 독일과 맺었던 조약을 파기했소. 독일이 항복하자마자 벌어진 일인데, 이 같이 조약문서가 휴지 조각과도 같고 몇 달 이후에 있을 일도 예상하지 못하고 있소. 그런데 독일의 군사력에 제한을 걸어서 그들이 벌일 복수를 미리 막을 수 있다? 그럴 바에 독일을 식민지로 삼자고 말하는 것이 어떻겠소? 물론 독일 본토에 대한 욕심은 절대 부리면 안 될 것이오. 이번 전쟁에서 우리가 결정적인 역할을 했으니까!"

"뭐요? 감히……!"

"보복도 정도껏이오. 응징은 일벌백계가 되는 것으로서 충분하고, 독일 카이저와 전쟁을 주도한 자들에 대해서 처

벌하는 것으로 응징을 마무리 지을 수도 있소. 배상금과 영토는 어차피 국민들을 만족시키기 위해서 가져가는 것이니 국민들이 만족하는 선에서 정리하시오. 그 이상의 것을 노리지 말고 말이오. 분노로써 모든 것을 해결하는 것만큼 어리석은 것도 없소."

조용하의 말에 피숑이 입을 다물었다.

그가 회의실 안에서 돌아보자 전임 주독 영국 공사가 동의하는 듯한 모습을 보였다.

영국 공사가 조용하의 생각에 동의의 뜻을 나타냈다.

"나는 고려공사의 주장에 동의하오. 책임을 지고 정리하는 선에서 끝내야지, 과한 징벌로 독일 국민들의 원한을 살 필요는 없다고 생각하오. 그들이 벌 받는 것을 그들 스스로가 납득하고 있으니 적당해야 하오."

영국 공사의 말에 프랑스 공사가 이를 갈았다.

'우릴 견제하려고 독일 편을 들다니!'

실질적인 침공을 받아 피해를 입었고 반격을 벌여서 승리한 나라가 프랑스였다.

그런 프랑스가 유럽의 중심이 되는 가운데 영국이 그것을 훼방 놓는다고 생각했다.

미국 공사가 전후 처리 문제에 관해서 의견을 나타냈다.

"우리도 독일에 대한 과한 징벌을 금해야 한다고 생각하오. 어차피 사라예보의 불상사로 악감정 없이 전쟁을 치르게 됐으니까. 다만 책임 소재는 명확해야 된다고 생각하오. 독일의 무장에 관해서도 제한을 걸어야 한다는 것에 찬성하오. 우리는 이 전쟁을 잘 마무리 지어야 하오."

조선 공사의 주장에 힘을 실어주면서도 미국이 회의를 주도하는 것 같은 모습을 드러냈다.

그 두 나라와 영국과 침묵을 지키는 이탈리아를 포함해서 피송은 의견의 대세를 그들 나라에게 넘겨줄 수밖에 없었다.

배상금 문제에 관해서 조선 공사의 주장에 완전히 항복했다.

세부적으로 정해야 할 것이 있었지만 큰 그림이 그려졌다.

협상은 몇 년 동안 치러질 수밖에 없었다.

그리고 그 과정은 속속들이 각 나라의 정부로 전해졌다.

이희가 장성호로부터 협상 초안을 확인했고 조용하는 이희와 조선 조정으로부터 지령을 받았다.

보고문을 읽고 내리면서 이희가 장성호에게 말했다.

"무장 제한에 독일 동서 지역이 불란서와 폴란드에게 넘어가고, 식민지마저도 모두 잃겠군."

독일 식민지에 관해서 장성호가 말했다.

"아프리카 독일 식민지는 영길리와 불란서가 나눠 가질 겁니다."

"민족자결권은 어찌되는가?"

"협상을 치를 때 조대표가 식민지를 독립시켜야 한다고 말했지만 각 제국이 그것을 듣지 않았습니다. 미국도 필리핀을 군정하고 있는 상황이라 우릴 도와줄 수 없었습니다.

대신 태평양의 독일 식민지를 우리와 미국이 할양받기로 했고 할양받는 즉시 독립을 지원하기로 했습니다. 세상에 조선이 먼저 모범을 보일 것입니다."

중화민국이 세워질 때 그들을 도우면서 계속 견지해온 가치가 있었다.

그것은 세상의 민족이 그들 민족 고유의 영토에서 살며 자결권을 가지고 스스로를 통치하는 것이었다.

제국을 이루는 나라의 국익에 정면으로 배치되는 가치였다.

그것을 영국과 프랑스가 들어줄 리 만무했다.

심지어 벨기에와 이탈리아도 자국의 식민지를 지키기 위해 반대했다.

조선을 두려워했지만 핵심적인 국익마저 포기하진 않았다.

그 사실에 이희가 씁쓸한 미소를 지었다.

"아직까지는 만만한가 보군."

장성호가 고개를 가로저었다.

"작정하면 전 세계를 지배할 수 있는 힘을 지녀도, 양보하지 않는 것은 양보하지 않습니다. 저는 그것을 실제로 봤고 배웠습니다."

"그만큼 사람의 욕심이 대단하다는 거겠지. 목에 칼이 들어와도 손에 쥔 금덩이를 놓지 않을 만큼 말이다. 그래서 전쟁이 일어나는 거겠지."

"맞습니다."

“어쩔 수 없는 것은 어쩔 수가 없군. 그나저나 짐이 보고 있는 협상안과 경이 알고 있는 결과의 차이는 어떻게 되는가? 조선이 있고 없고의 차이를 빼고 말이다. 경이 알고 있는 역사도 이와 비슷한가?”

1차 세계 대전의 전후 처리에 있어서 본래의 역사와의 차이를 물었다.

장성호가 주위의 눈치를 살피고 대답했다.

작은 목소리로 이희에게 알려줬다.

“독일의 화폐인 마르크로 승전국들에게 1320억 마르크를 지불하기로 되어 있는데 절반가량으로 낮춘 상태입니다. 불란서가 반발하고 있지만 못해도 여기서 3할 이상은 더 깎으려고 합니다. 전쟁 수행을 도운 독일 기업의 특허를 승전국 기업으로 이전시키는 것은 그대로 유지하고, 독일과 불란서의 분쟁 지역인 알자스로렌 지역에서 독일로 향하는 상인의 무관세 거래를 막을 계획입니다. 무엇보다 독일의 농산물과 자제를 승전국이 수탈해가는 것을 막으려 합니다.”

본래의 역사와 달라진 점을 이해하고 독일을 많이 봐줬다는 생각을 했다.

그러나 대의를 위해서 욕심을 내려뒀다.

“복수가 목적이 아니라, 경계와 회복으로 삼는 것이니 그 정도면 충분하겠군. 조대표에게 그것을 견지하라고 짐의 명을 전하라.”

“예. 폐하.”

독일의 전후처리 과정을 설명하고 장성호가 협길당에서 빠져나왔다.

평화협정을 맺어야 하는 나라로 오스트리아헝가리 제국과 오스만 제국, 불가리아 등이 남아 있었지만 자세한 것은 다음에 보고하기로 했다.

오스만제국이 통치하다가 패전국이 되면서 영국 식민지로 넘어가는 중동 지역을 취하고자 했다.

그 땅에 엄청난 자원이 매장되어 있었다.

그것을 무기로 100년 후의 미래를 준비하고자 했다.

협상 과정을 성한에게 알려야 했다.

집에 돌아가서 통신기를 작동시켜 뉴욕에 있는 성한과 교신을 벌였다.

그에게 목표했던 대로 협상이 이뤄지고 있음을 알려줬다.

소식을 듣고 성한이 밝게 말했다.

—잘 처리되고 있군요.

“예. 아무래도 우리 조선이 전과를 확실하게 세웠기 때문인 것 같습니다.”

—나름 인정하는 것이겠죠. 더 이상 조선을 미개하다는 식으로 보진 않을 겁니다. 우리 때문에 협상국이 승리를 이룬 형국이 됐으니까요. 입장이 입장인 만큼 목소리를 크게 내야 할 것 같습니다.

협상이 순조롭게 이뤄지고 있었다.

조약을 맺는다면 아마도 8할 가량은 조선이 원하는 대로 결과를 낼 수 있을 것 같았다.

나머지 2할은 다른 나라와의 절충으로 바뀔 수 있는 부분이었다.

조인식이 남아 있었지만 거의 지나갔다고 여길 수 있을 정도였다.

지나간 일은 교훈을 위해서 살펴볼 뿐 내일을 위한 계획보다 중요하지 않았다.

앞으로 펼쳐질 세상에 대해서 성한과 장성호의 시선이 옮겨갔다.

미래에서 온 사람들과 그들을 알고 있는 이희도 내일을 중요하게 생각했다.

적국보다 더욱 강한 적이 도사리고 있었다.

—이제 이념과 싸워야 하는군요. 미리 준비해야 됩니다.

"오랫동안 싸워야 합니다."

—그만큼 기초를 단단하게 다져야 하죠. 공정을 기반으로 겸손과 배려로 세상을 변화시켜야 합니다. 조선과 미국을 말입니다. 공산주의가 크게 일어났던 것도 결국에는 공정하지 못하고 배려 대신 과욕이 자리 잡았기 때문입니다.

"계획이 있습니까?"

—단계별로 실행해보려고 합니다. 현재 뉴월드타임스를 통해서 여론전을 벌이고 있는데 더 많은 신문사를 인수하고, 방송국을 세워서 명망 있는 지식인들을 통해 인간이 어떤 존재인지, 공산주의가 무엇인지 그 본질을 알게 할 것입니다. 그리고 출판사와 영화사를 세우고 서적과 영

화, 드라마 등으로 문화 계몽을 이룰 겁니다. 음악도 여기에 포함되겠죠. 그것들 모두를 흥행시키면 그만큼 보는 사람도 많아지고 영향을 받게 됩니다.

"흐음."

―문화 매체로 사람들의 의식을 변화시킬 겁니다. 동시에 학교를 설립해서 지식인을 양성하게 되겠죠. 그들로 하여금 20년 동안 사회를 변화시킨 뒤 정치인을 통해서 제도를 구성할 겁니다. 인종과 성별, 직종에 대한 편견을 지우고, 오직 실력주의를 통한 공정과 타인에 대한 배려가 잘 구축되어 있는 사회 시스템으로 말입니다. 오만을 수시로 경계하고 사회에 겸손의 미덕이 서려 있다는 것으로 사람들의 의식을 바꿀 겁니다.

계획대로 잘 될지는 아무도 몰랐다.

어쩌면 보통으로 생각할 수 최선의 방안일 수도 있었다.

그러나 차이가 있었다.

바로 공산주의라는 적보다 한 발 앞서 가는 것이다.

그 차이에 대해서 장성호가 기대를 걸었다.

"우리에게 지혜가 있고 내부적으로 잘 준비되어 있으면 외부의 적이 어떤 거짓말로 현혹하고 공격하려고 해도 막아낼 것입니다. 그리고 수비가 단단하면 당연히 공격도 벌일 수 있을 겁니다."

―내부적으로 잘 대비되어 있으면 결국 외부로 공격을 벌일 수 있습니다. 공산과 평등을 주장하는 자들의 치부를 드러내고 그들의 거짓말들을 밝힐 수 있죠. 그럴 때마다

거짓말쟁이들은 포악해질 겁니다.

"궁지에 몰려서 판을 엎으려 할 수도 있습니다."

—동의합니다. 그래서 더 강한 군사력을 보유하고 있어야 합니다. 지금보다 더 강한 무기가 필요합니다.

더 강한 무기를 개발해야 되는 필요성을 느꼈다.

평화 조약이 체결되고 분쟁이 잦아들면 각국은 새롭게 일어날 전쟁과 분쟁을 대비해 신무기를 개발할 것이 분명했다.

미군이 보유한 전차와 장갑차가 될 수 있었고 어쩌면 조선이 보유한 무기가 목표가 될 수 있었다.

항공모함과 함재기를 비롯한 무기들을 협상국뿐 아니라 볼셰비키 러시아에서도 만들 수 있었다.

그러니 무엇보다 획기적인 무기가 필요했다.

적이 보유하기 전에 먼저 보유해야 할 무기가 있었다.

그것을 개발할 수 있을 만큼 조선의 산업이 무르익고 있었다.

—요즘 조선에서 전기가 부족하지는 않습니까?

"최근 예비 정전을 벌이기도 합니다. 그래서 더 많은 발전소가 필요합니다."

—석탄 발전소는 극심한 대기 오염을 유발합니다. 그나마 중유로 발전을 이룰 수 있겠군요.

"그것 또한 수요가 높아지면 온실효과가 일어납니다. 아직은 괜찮지만 자동차가 늘어나면 대기오염을 피할 수 없습니다. 최대한 빨리 핵기술로 발전을 이뤄야 합니다. 핵융합 발전을 이루기 이전에 핵분열 발전소로 먼저 전기를 생산하고자 합니다.”

핵분열 발전소는 20세기와 21세기에 원자력 발전소로 불렸다.

대기오염을 막으면서 대량의 전기를 생산할 수 있는 발전 시설임과 동시에 방사성 폐기물의 발생과 활용한 이후 남는 폐기 핵 연료봉을 반드시 처리해야 하는 문제를 안고 있었다.

장점과 단점이 명확한 발전이었다.

그러나 산업을 키우기 위해선 그것을 대체할 수 있는 기술이 없었다.

무엇보다 핵분열 기술의 발전으로 얻을 수 있는 것이 있었다.

—핵분열 발전이 가능해지면 핵무기도 개발할 수 있겠군요.

“제조법 자체는 그리 어려운 무기가 아니니 말입니다. 그래서 보유할 수 있을 때 빨리 보유해야 됩니다. 그래야 전쟁을 억제할 수 있습니다.”

—수소폭탄도 핵융합의 일종이죠. 그 기반을 다지면서 나라를 지킬 수 있는 무기를 개발해야 할 것 같습니다. 그리고 태양광으로 발전하는 기술도 함께 개발합시다. 면적과 기상 문제로 효율이 좋은 발전은 아니지만 도심에서 가로등을 밝히거나 주택에서 쓰는 전기를 생산하기에는 부족함이 없습니다. 하는 김에 LED도 개발합시다.

"예. 과장님. 그렇게 하겠습니다."

—과학기술부대신께 말씀 드려주세요.

"알겠습니다."

교육과 문화, 산업과 군사력을 총망라한 큰 계획이었다.

그 계획의 목표는 온전히 새롭게 세워지는 '소비에트 연방 공화국'에 맞춰져 있었다.

한번은 준동하게 되는 공산주의였다.

그것을 상대로 이겨야 새 시대를 맞이할 수 있었다.

그 시대는 인간이 어떤 존재인지를 알고 그것을 기반으로 현실적인 이상을 이루는 시대였다.

그런 미래를 후손들에게 물려주고자 했다.

이미 조선은 두 사람에게 조국이 되어 있었다.

교신을 끝낸 장성호가 다음 날 박은성을 만나 계획을 알렸다.

계획을 들은 박은성이 조금 피로한 모습을 보이면서 턱에 짧게 난 수염을 매만졌다.

"결국 이걸 개발하게 되나요?"

"그렇습니다."

"피하고 싶은 기술인데 결국 건드려야 하는군요."

"산업을 위해서 하는 말입니다. 원자력 발전에서 일어나는 사고가 섬뜩하지만 이것을 대체할 수 있는 발전이 전혀 없습니다. 핵융합 발전 기술을 최대한 빨리 습득하는 것만이 최선입니다. 태양광 발전 기술은 보조로 써먹어야 합니다. 국방을 위한 일이기도 하니 부탁드립니다."

국방이 달린 일이라는 말에 박은성의 눈빛이 달라졌다.

어떻게든 회피하고픈 핵개발이었지만 조선을 지키기 위해선 21세기까지 최강의 무기로 존재하는 핵무기를 보유해야 했다.

그 기초가 바로 원자력 발전이었다.

원자력 발전에서 연료로 쓰이는 농축우라늄이 분열을 일으키고 플루토늄이 되었을 때, 그것을 재처리함으로써 수소폭탄의 기폭제로 쓸 수 있었다.

그 사실을 아는 박은성이 무겁게 말했다.

"지금의 조선이라면 분명히 원자력 발전소를 지을 수 있습니다. 그에 관한 기술을 우리가 알고 있으니까요. 필요한 것이니 실험용 원자로를 빨리 만들겠습니다."

"조심하십시오."

"예. 콜록! 콜록!"

"……."

"갑자기 기침이……."

대답하다가 박은성이 기침을 터트렸다.

그의 얼굴이 붉어져 있었다.

장성호가 걱정하면서 물었다.

"어디, 몸이 안 좋은 것이……."

박은성이 다시 기침을 하면서 대답했다.

"아침에 일어났을 때 오한이 있었습니다. 그 뒤로 추웠다가 더웠다가 하면서……."

"집에 가서 쉬어야 하는 것이 아닙니까? 제가 총리대신과 폐하께 말씀 드리겠습니다."

"아닙니다. 괜찮습니다… 콜록! 콜록! 나중에 끝나고 진료소에 가보겠습니다."

"……."

"걱정하지 마십시오. 특무대신……."

척 보기에도 열이 있는 것처럼 보였다.

그리고 계속 기침을 했다.

박은성이 복도에서 집무실로 향하다가 비틀거렸다.

"어?!"

"윽… 괘…괜찮습니다."

보다 못한 장성호가 박은성을 직접 챙겼다.

"안되겠습니다. 병원으로 갑시다. 진료소가 아니라 제중원으로 가야 할 듯싶습니다."

가벼운 감기로 보이지 않았다.

정확한 진단을 위해서 김신과 함께 미래에서 온 의사들이 교수로 있는 제중원으로 박은성을 데리고 가고자 했다.

박은성은 연신 괜찮다고 말했다.

결국 장성호의 호통을 한번 듣고 나서야 움직일 수 있었다.

제중원에 도착해서 진료를 받고 병명을 확인했다.

보통의 감기가 아닌 것은 확실했다.

박은성이 병상에 드러누운 가운데 그를 진료한 교수가 장성호를 병실 밖으로 불러내서 어떤 병인지 알렸다.

그 병은 천연두만큼이나 무서운 병이었다.

"스페인 독감입니다."
"스페인 독감이란 말입니까?"
"20세기 초에 5천만명이 감염되어서 사망했던 독감 말입니다. 조선에서도 10만 넘게 사망자가 발생했었습니다."
주위를 살피면서 조심스럽게 이야기했다.
그 말에 장성호가 올 것이 왔다는 생각을 하게 됐다.
1차 세계 대전 막바지에 미국에서 발원해서 스페인에서 유명세를 떨친 독감이 있었다.
다른 나라에서는 전시 보도 통제로 사람들이 관심을 보이지 않았지만 전쟁을 치르지 않았던 스페인에서는 연일 독감에 관련된 기사로 신문을 채우고 있었다.
그리고 결국 조선에까지 번졌다.
그 일을 조선에서는 미리 대비하고 있었다.
"전하께서 내탕금으로 세우신 흥선제약에서 특효약을 개발한 것으로 아는데 약은 있습니까?"
"있습니다. 그리고 물량을 맞추기 위해 다른 제약회사에서도 면허 생산 중입니다. 약 걱정은 하지 않으셔도 됩니다. 주사를 맞고 약만 제대로 드시면 과학기술부 대신께선 쾌차하실 겁니다."
특효약이 있다는 말에 안심했다.
이후 장성호가 병상에 누워 있는 박은성에게 다가가서 말했다.
"일단 낫고 봅시다. 결근에 대해서는 폐하께 대신 말씀

드리겠습니다."
미안하다는 말을 박은성이 했다.
간호사가 독감이 옮을 수 있다고 장성호에게 떨어지라고 말했고, 장성호는 그에게서 멀어지며 쾌차한 후에 보자고 다시 말했다.
제중원에서 나온 뒤 대궐로 입궐해서 협길당으로 향했다.
그리고 이희에게 스페인 독감이 번지고 있는 사실을 알렸다.
이희가 장성호에게 말했다.
"미리 서반아 독감을 대비할 수 있어서 다행이군. 면허 생산으로 조선 내에 다른 제약 회사도 약을 생산해뒀으니 백성들을 치료하기엔 부족함이 없을 것 같다."
"폐하의 하해와 같은 황은입니다. 폐하의 내탕금으로 제약회사를 세우시고 백성을 구하신 일은 만대 후손에 이를 때까지 칭송받으실 겁니다."
"그게 어찌 짐이 행한 것이겠는가. 경들을 잘 만나서 이룬 일이다. 앞으로도 아버님을 기념하며 선정을 베풀라. 또한 필립제이슨의 국내 법인이 아닌, 미리견의 본사 법인에서도 면허 생산을 할 수 있도록 조치를 취하라. 특효약으로 세상 사람들을 구할 것이다."
"황명을 받들겠습니다. 폐하."
흥선이라는 사명은 인생 끝에 백성을 생각했던 이하응을 기억하기 위함이었다.

성한과 장성호를 비롯한 천군이 경고했던 스페인 독감을 적절하게 대비했다.

그리고 조선에서 사업을 벌이는 모든 제약회사들이 미리 특효약을 개발하고 원가에 가깝게 팔았다.

회사에 취직한 모든 백성들은 황실 소유의 만민건강보험공단에서 의무적으로 보험 가입을 해둔 상태라 특효약을 훨씬 더 싸게 살 수 있었다.

그와 함께 흥선제약에서 개발된 다른 신약으로 미리 다른 질병을 예방코자 했다.

조선에서 방역이 이뤄지는 동안 세상은 스페인 독감으로 무너지고 있었다.

환자가 빨리 사망할 때는 증세가 나타난지 이틀 만에 사망하기도 했다.

* * *

고열을 앓는 아이를 안고 병원에 찾아온 부모가 있었다. 미국의 한 병원에서였다.

"제발… 제 아이 좀 살려주세요… 제발요… 제 딸이 죽어가요……."

"진정하시고, 여기 침상 위에 눕히세요. 그리고 진찰할게요. 잠시만 기다려 주세요."

의사의 지시를 따라 딸을 침상 위에 눕혔다.

늦게 결혼해서 얻은 딸의 병이 낫기를 소망했다.

초조한 마음으로 기다리다가 건너편 침상에서 울부짖는 한 부모를 보았다.

침상에 누워 있던 남자아이가 힘없이 팔을 떨어트렸다.

어머니가 아이를 안으며 오열했다.

"톰! 어떻게 날 두고 이리 갈 수 있는 거니…! 눈을 떠보렴! 톰……!"

아이의 아버지가 아이와 아내를 안고 함께 울었다.

그러나 그 또한 기침을 하면서 병세의 증상을 보이기 시작했다.

두려움과 공포가 병원에서 번지기 시작했다.

혹시라도 그들과 같은 입장이 되거나 혹은 죽음이 찾아들지 않을까 겁을 먹었다.

여자아이를 진찰하던 의사가 부모에게 말했다.

"인플루엔자입니다. 그것도 스페인 인플루엔자에 감염되었습니다. 현재 약이 없어서 치료가 어려울 것 같습니다……."

의사의 말에 여자아이의 부모는 하늘이 무너지는 것 같은 느낌을 받았다.

응급실 사방에서 기침 소리가 일었다.

그들은 병원에서조차 치료할 수 없다는 말에 절망을 느꼈다.

딸의 아비가 의사의 팔을 붙들고 애원했다.

"그래도 치료해주세요…! 저희가 믿을 수 있는 것은 의사 선생님밖에 없어요……!"

"……."

"제발 부탁드립니다……!"

팔을 붙들고 있는 손에 의사의 손이 올라왔다.

"죄송합니다……."

여자아이의 어머니가 주저앉았다.

아버지는 울먹이면서 힘들게 호흡하는 딸을 쳐다봤다.

희망의 끈이 손에서 빠져나가려 할 때였다.

사람과의 전쟁이 끝나자 이번에는 병마와 전쟁을 치러야 할 판이었다.

독일을 비롯한 동맹국을 상대로 무패 신화를 기록한 함대가 뉴욕으로 돌아왔다.

비록 고국은 아니었지만 승전을 이루고 돌아온 함대는 동맹국에서라도 성대한 환영을 받아야 하는 게 마땅했다.

그러나 어째서인지 환영식이 초라했다.

초라하기보다는 분위기가 뒤숭숭했다.

미 해군성 장관인 다니엘스가 마중 나와 있었지만 뭔가 침울한 분위기였다.

조선군 함정들이 부두에 정박한 가운데 함대 장병들이 하함하고 1전단장인 이강과 항공모함 전단장인 허윤이 부두 위에 올라섰다.

다니엘스와 악수하면서 이강이 통역장교를 통해 인사했다.

"이렇게 다시 보게 되어서 참으로 기쁘오. 미군 함대가 아님에도 우리 해군 전단을 환영해줘서 참으로 고맙소."

"고려군 덕분에 전쟁에서 승리했소. 고마워야 할 쪽은 우리 쪽이오."

"그나저나 뭔가 미국에 오니 울적한 기분이 드는데 무슨 일이라도 있었소?"

이강의 물음에 다니엘스의 미간이 좁혀졌다.

한숨을 쉬면서 그의 물음에 대답했다.

"인플루엔자가 창궐했소."

"인플루엔자?"

"스페인 인플루엔자를 말하는 것이오."

"아, 서반아 독감을 이야기하는 것이었군. 영길리와 불란서에서도 창궐했소. 때문에 우리 장병들도 치료를 하고 백신으로 예방 접종을 했소. 미리견에서는 그런 조치를 취하지 않은 거요?"

이강의 물음에 다니엘스가 어리둥절했다.

조선에 특효약이 있다는 사실을 처음 알았다.

질문을 받았기에 일단 대답을 했다.

"필립제이슨사에서 생산에 들어간 상태요. 하지만 아직 약이 존재하지 않는 상태요. 고려에서는 그런 특효약을 어떻게……."

"일단 우리 것부터 주겠소."

"……?"

"함정에 특효약이 실려 있소. 예방 접종을 위한 주사액을 포함해서 말이오."

"……."

"받을 것이오, 말 것이오? 대답하시오."
약을 준다는 말에 다니엘스가 급히 대답했다.
"바…받겠소. 받아야 하는게 당연하지 않소. 상황이 시급하니 신속히 인계해 주시오."
어떻게 특효약이 조선에 있는 것이 알아야겠다는 생각을 했다.
하지만 그것에 대한 답을 구하기 전에 먼저 미국 국민들부터 구하고자 했다.
조선에서는 장성급 지휘관이 재량으로 군수품을 구호물품으로 외국인이나 민간인에게 공여할 수 있었다.
이강과 허윤의 명령으로 함정에 실려 있던 특효약과 백신이 하역됐다.
그것들은 전부 위급한 환자들로 넘쳐나는 응급실로 보내졌다.
독감 환자로 채워진 응급실에서 간호사가 바퀴 달린 서랍장을 밀며 소리를 질렀다.
"비키세요! 약이 왔어요! 인플루엔자를 낫게 하는 특효약이 말이에요! 보호자 분들은 나가 있으세요!"
"……!"
절망에 빠져 있던 사람들이 몸을 일으키면서 웅성거렸다.
응급실에서 기적이라도 일으켜보려고 온 힘을 다하던 의사들이 어리둥절했다.
그리고 간호사에게 달려왔다.

"약이 아니라니? 필립제이슨사에서 생산된 신약인가?!"

의사의 물음에 간호사 대신 따라 들어온 병원장이 알려줬다.

"고려 해군일세!"

"예?"

"고려 해군의 지휘관인 고려 황자가 군함에 실려 있던 특효약과 백신을 내렸다고 하네! 효능은 유럽의 고려군이 멀쩡할 정도로 확실하다니까, 속히 위급한 환자들에게 투여하게!"

"예! 원장님!"

기막힌 표정으로 의사들이 유리 앰플 속에 담긴 특효약을 흔들었다.

그것을 깨트려서 주사기로 약물을 뽑아냈다.

'고려에 특효약이 있었다니……!'

병상에 누운 여자아이에게 주사를 놓으려고 하자 아이의 부모가 다가와서 물었다.

"특효약인가요……?"

"그렇소."

"아까 고려에서 만든 것이라고 하던데, 효과는 있는 것입니까?"

"지금 확인해볼 거요. 그러니 기도하시오. 딸이 회복될 수 있도록 말이오."

의사는 부모가 보는 앞에서 주사를 놓았다.

여자아이의 부모는 간절한 마음으로 딸이 독감을 이겨내길 기도했다.

다른 환자들에게도 약이 투여되고 며칠 동안 경과를 지켜보았다.

며칠이 지났다.

혼수상태에 빠져 있던 여자아이가 눈을 떴다.

"으음… 으으……."

"케이트…? 케이트! 케이트!"

"아빠……?"

"그래. 아빠다. 알아보겠니……?"

"예… 아빠……."

"오, 맙소사…! 케이트가 깨어났어…! 여보! 우리 케이트가 살았어! 케이트가 살았다고! 흐흐흑! 흐흑……!"

아내를 안고 딸의 손을 만지면서 아버지가 눈물을 터트렸다.

그런 아버지를 보면서 케이트는 자신이 어떤 시간을 보냈는지 기억할 수 없었다.

사경을 헤매다가 막 회복된 상태였다.

케이트가 주위를 돌아봤다.

정신을 차린 남녀노소 환자 앞에서 기뻐서 울음을 터트리는 가족들이 있었다.

그 모습을 의사와 간호사들이 지켜보고 있었다.

"고려의 특효약이 통할 줄은 꿈에도 몰랐어. 특효약을 투여한지 고작 사흘 만에 환자들이 저렇게 일어나게 되다니……!”

“기적이야 이건.”

뛰어난 효능을 확인하고 온몸에 소름이 돋았다.

그들은 그 특효약이 누굴 통해서 전해졌는지를 마음속에 새겼다.

이강의 지시로 환자들이 살아났다.

그 사실을 다시 기억하면서 이강을 찬양하기 시작했다.

그는 조선의 황자였다.

“고려 황자가 우리 아이를 살려줬어!”

“고려 덕분에 내 아내가 살게 됐소!”

“고려군의 약이 없었다면 여기 있는 환자들이 모두 죽었을 거요!”

“고려! 고려! 고려!”

사람들이 조선을 외치며 환호했다.

그들 중에는 백인우월주의로 생각이 가득 찼던 사람들도 있었다.

수시로 동양 원숭이라 불렀던 나라의 황자가 그들을 살렸다.

그로 인해 그들의 편견이 무너져갔다.

환자들이 회복하자 사람들이 한숨 돌렸다.

그러나 그것도 잠시뿐이었다.

이내 새로운 환자가 응급실에 와서 치료해 달라고 외쳤다.

쉴 새 없이 몰려드는 환자들에 병원은 눈코 뜰 새 없었다.

"콜록! 콜록!"

"도와주세요! 제발 제 아내를 살려주십시오! 부탁입니다!"

전쟁터에서 부상을 입어 팔 한쪽이 없는 남자였다.

부상으로 일찍 제대한 덕분에 독감에 걸린 아내를 챙겨서 병원에 올 수 있었다.

그의 외침에 의사와 간호사들이 다시 긴장하며 환자를 살폈다.

혈압을 확인하고 증상을 듣고 청진기로 폐부에서 발생하는 소리를 확인했다.

그리고 의사가 크게 외쳤다.

"인플루엔자! 병상에 눕혀!"

"예! 선생님!"

진찰을 한 의사가 빈 약함을 보면서 인상을 찌푸렸다.

'약이 다 떨어졌어. 빌어먹을.'

그때 응급실에서 다시 소리가 들렸다.

만인이 학수고대하던 순간이 찾아왔다.

이동식 서랍장을 밀면서 간호사들이 모습을 드러냈다.

"특효약이에요! 필립제이슨사에서 드디어 특효약을 생산했어요!"

다시 의사들의 사기가 높아지기 시작했다.

그들 앞에서 더 이상 환자가 죽을 일은 없었다.

"어서 약을 투여하세!"

"예! 선생님!"

몸은 힘들어도 정신은 어느 때보다도 힘이 넘쳤다.

사람들은 특효약을 생산하는 필립제이슨사를 세계 최고의 제약 회사라고 여겼다.

모두가 약을 개발한 필립제이슨사를 칭송했다.

"필립제이슨 덕분이야. 그 회사 덕분에 이렇게 많은 사람들을 살릴 수 있었어. 미국 기업이지만 정말 대단한 회사야."

의사를 포함해 많은 사람들이 필립제이슨사가 특효약을 개발했다고 생각했다.

그런 도중에 이상한 이야기가 돌았다.

"이번 신약이 필립제이슨에서 개발되지 않은 것으로 알고 있어."

"뭐? 무슨 말이야 그게?"

"저번에 고려 해군에서 남는 약을 우리에게 주지 않았나."

"그랬지."

"들리는 소문에 의하면 고려에 홍선제약이라는 회사가 있고 이번 특효약의 모든 특허는 그 회사가 가지고 있다고 하네. 필립제이슨에선 면허 생산으로 그 약을 생산하고 있고 말이야. 그게 사실이라면……."

"이 약을 고려인이 만들었다는 거야?"

"그런 셈이지. 그리고 고려인이라면 충분히 그런 일을

벌일 수 있어. 다른 동양 나라와는 격이 다르니까. 진상이 곧 드러나게 될 거야."

특효약을 조선에서 개발했다는 소문이 돌았다.

그리고 그 소문에 대한 진상은 얼마 지나지 않아서 밝혀졌다.

신문을 통해 사람들에게 사실이 알려졌다.

"소문이 사실이었어! 고려에서 만든 특효약이야! 고려의 약을 이번에 필립제이슨에서 면허 생산을 벌이고 있어!"

그 사실은 미국에 큰 충격을 선사했다.

미국인들은 자신들을 살리고 있는 것이 조선이라는 사실을 알게 됐다.

필립제이슨에서 생산된 특효약은 대서양을 횡단하며 유럽에 수출되기 시작했다.

그리고 조선에서 생산된 특효약은 독감에 걸린 아시아 사람들을 살리고 있었다.

그에 관한 기사가 신문에 실렸다.

* * *

조선의 신약 개발에 대한 기사가 실린 신문이 필립제이슨사 사장실 탁자 위에 펼쳐졌다.

신문은 그것을 보는 사람들의 마음을 흐뭇하게 만들었다.

서재필이 맞은편에 앉아 있던 성한에게 말했다.

"지난번 면허생산을 빨리 해야 된다고 말했는데, 존스 선생의 판단이 옳았소. 덕분에 많은 사람들을 살릴 수 있게 되었소. 그래도 미국에서 대유행중인데 집에 아이들은 괜찮소?"

아이들의 안부를 묻자 성한이 고개를 끄덕이면서 대답했다.

"미리 예방 접종을 했기에 괜찮습니다."

"부인은 여전히 유럽에 있소?"

"예. 아직 유럽에 있습니다. 그리고 이번에는 군인들을 치료하는 것이 아니라 인플루엔자와 싸우고 있을 겁니다. 그래도 전쟁이 끝났으니 반년 이내에 돌아올 겁니다."

아이들과 지연의 안부를 묻고 곧 돌아올 것이라는 말에 서재필이 미소를 지었다.

탁자 위에 놓인 찻잔을 들어 올려 한 모금 마시고 받침대 위에 놓았다.

"처음에 페니실린을 만들었을 때 많은 사람들을 살리기도 했지만 그걸로 돈을 벌 수 있겠다는 생각을 했소. 이유는 이래나 저래나 먹고 살아야 했으니까. 그러나 지금은 풍요롭고 넉넉하게 살고 있소. 그래서 지금의 내게는 돈이 그리 중요한 것은 아니요."

서재필은 소파에 몸을 기대면서 지난 일을 떠올렸다.

"이번 독감이 아이들에게 더 치명적인데 특효약으로 구할 수 있어서 참으로 다행이라 생각하오. 그리고 구하지 못한 아이들이 너무나도 안타깝소. 특효약을 더 빨리, 더 많이 생산했어야 했소. 다행이면서 참으로 죄책감이 드오."

서재필의 말에 성한이 고개를 가로저었다.

"최선을 다하셨으니 죄책감을 가지지 않으셔도 됩니다. 만약 특효약이 없었다면 더 많은 사람들이 죽었을 겁니다. 심지어 저의 아이들까지 말입니다. 선생님께선 정말 큰일을 해내셨습니다."

서재필을 위로하고 격려했다.

그 말에 서재필이 자신이 소망하는 바를 성한에게 알려줬다.

"더 많은 사람들을 구하고 싶소. 더 많은 사람들을 살리고 싶소. 이번 일을 겪으면서 내가 진정 원하는 것이 무엇인지 돌아봤소. 내가 원하는 것은 더 많은 사람들을 살려서 꿈과 희망을 안겨주는 것이오."

성한이 잔잔한 미소를 보이면서 차를 마셨다.

그리고 찻잔을 내리면서 들고 온 가방에서 문서 봉투를 꺼냈다.

그것을 서재필에게 넘겨줬다.

"안 그래도 선생님께 제안하고픈 일이 있었습니다."

"무슨 일을 말이오?"

"일단 봉투 안에 담긴 문서를 훑어보시기 바랍니다. 이야기는 그 후에 하겠습니다."

나중에 이야기를 하겠다는 말에 서재필은 성한이 넘겨준 봉투를 들고 안에 담겨 있던 문서를 조심스레 꺼냈다.

그리고 문서에 쓰여 있는 내용들을 살폈다.
내용을 살피면서 서재필의 눈이 점점 커졌다.
"이것은……?!"
성한이 신약에 대한 정보를 알려줬다.
"고려의 흥선제약에서 개발한 신약입니다. 그런데 그 신약에 대한 소유권을 세계 모든 제약회사와 함께 공유하겠다고 합니다. 소아마비에 대한 치료약입니다. 미국과 유럽에서는 필립제이슨에서 대량생산해주길 원하고 있습니다. 폐하께서 함께 선을 이루길 원하십니다."
흥선제약의 대주주가 조선의 황제와 조선산업은행이라는 것을 알고 있었다.
흥선제약에서 소아마비를 예방할 수 있는 백신을 개발했고 이미 대조를 통한 임상실험까지 끝낸 상황이었다.
소아마비는 신경계를 침범하는 '폴리오바이러스'로 인해서 생기는 장애성 질병이었다.
면역력이 떨어지는 어린아이들에게 걸리는 병으로, 그로 인한 장애 후유증은 죽을 때까지 이어지는 무서운 병이었다.
신경이 마비되면서 신체 일부를 쓰지 못하게 되면서 퇴화되는 질병이었다.
그것은 사회적인 멸시와 차별을 일으키게 만들었다.
만약 소아마비를 예방할 수 있다면 수많은 아이들이 꿈을 품을 수 있도록 구해질 수 있었다.
그 약에 대한 특허를 세계 모든 제약회사와 공유한다는

것이 믿어지지 않았다.
서재필이 떨리는 목소리로 성한에게 말했다.
"그 약을 판다면 폐하께서는 세계 최고의 거부가 되실 겁니다."
그의 말에 성한이 고개를 끄덕이면서 말했다.
"알고 있습니다. 하지만 승하하실 때 가지고 가실 수 없는 돈입니다. 그 돈을 조선에서 챙겨도 조선이 쇠약해질 땐 한순간에 사라질 돈입니다. 폐하께선 돈과 바꿀 수 없는 것을 얻으려 하십니다."
"그것이 무엇입니까……?"
"솔선수범입니다. 권력가와 기업인들이 만인을 구할 수 있는 능력을 가졌을 때, 그것을 개인적인 영달을 위한 도구로 삼지 않는 것을 보이기 위함입니다. 이 사악한 세상을 상대로 본때를 보이기 위함입니다. 저는 선생님께서 그 일을 원하신다고 생각합니다."
"……."
엄청난 일에 서재필이 정신을 잃을 뻔했다.
그런 서재필을 보면서 성한이 미소를 보이면서 물었다.
"대업에 동참하시겠습니까?"
그리고 이채를 보이면서 서재필이 대답했다.
"물론이오. 그런 일에 알아서 참여하지 않는다면, 그자는 세상에 집어삼켜진 악인 중의 악인일 것이오. 폐하와 함께 대의를 이룰 것이오."
문서를 봉투 안에 넣었다.

그리고 봉투를 책상 서랍 안에 넣었다.

성한이 서재필에게 말했다.

"조만간 소아마비에 관한 백신 제조법 공개가 언론을 통해서 발표될 겁니다. 공개가 이뤄지면 곧바로 백신을 생산하시기 바랍니다."

"알겠소."

큰일을 성취하는 때가 오기를 기다렸다.

필립제이슨 본사 건물에서 나간 성한이 뉴욕으로 돌아가서 뉴월드타임스를 통해 소아마비에 관한 백신이 개발된 사실을 사람들에게 알렸다.

그리고 제조법이 공개되리라는 것도 밝혔다.

뉴월드타임스에 그 사실이 실렸다.

신문을 읽다가 사람들이 크게 놀랐다.

"뭐야 이건? 고려에서 소아마비 백신을 개발했다고?"

중절모를 쓴 기업인이 신문을 읽다가 소리를 질렀다.

소아마비 백신을 개발한 조선과 흥선제약에 대해서 사람들이 경탄을 터트렸다.

"소아마비 백신을 개발했다니? 이번에도 흥선제약이야?"

"정말 효과가 있을까? 백신을 맞든 안 맞든 소아마비에 안 걸리면 모르는 거잖아."

"내가 볼 땐 거짓말 하는 것 같지는 않아. 인플루엔자 치료제와 백신으로 이미 효능 있는 약을 제조하는 것으로 입증했잖아. 그러니 소아마비 백신도 분명히 효능이 있을 거야.”

“그게 효과가 있으면 정말 엄청난 부를 끌어 모을 거야. 고려 황제가 돈을 엄청 벌어들이겠어.”

“세상에 이런 백신을 만들다니…….”

흥선제약의 대주주가 조선 황제라는 정보가 기사에 쓰여 있었다.

기사를 읽으면서 사람들은 이희가 엄청난 부를 거머쥐게 될 것이라고 생각했다.

그러나 기사 마지막에 쓰여 있는 내용을 보고 눈을 의심했다.

“제조법을 공개하겠다니? 이게 무슨……?!”

“억만금을 벌어들이는 것을 포기하겠다고……?!”

“정말 미친 건가…? 왜 이런 짓을……?!”

기사의 뒤 페이지에 흥선제약사의 사장 기고문이 영어로 번역되어 있었다.

믿기 힘든 시선으로 기고문의 내용을 읽어 내렸다.

세상에 존재하는 모든 기업은 수익 창출을 목표로 삼습니다. 그 수익을 기반으로 다시 도약할 기회를 얻고 먹거리를 해결합니다. 저 또한 마찬가지로 그런 목표를 추구합니다.

이번에 소아마비를 해결할 수 있는 방법을 찾았고 백신을 개발했습니다. 그것을 통해 큰 수익을 창출할 수 있겠지만 그것보다 저는 수많은 아이들에게 꿈과 희망을 안겨

줘야 한다는 사명감을 가지게 되었습니다. 건강하게 아이들이 자라나서 인류에 이로운 재능을 마음껏 발휘할 수 있기를 원합니다.

그래서 본 치료제의 특허를 세상 모든 제약회사들과 공동으로 소유하고 소아마비 백신 제조에 관한 제조법을 공개하고자 합니다. 그렇게 해서 세상의 모든 아이들이 가장 싼 가격으로 소아마비 백신을 접종할 수 있기를 원합니다.

그것은 수익 창출을 목표로 삼는 기업의 가치관과 위배된다는 것을 압니다.

그러나 회사의 재정이 적자가 아닌 상태에서, 도움이 절실한 사람들을 도울 수 있다면 마땅히 그 길을 걸어야 할 것입니다. 회사가 어렵다면 그럴 수 없겠지만, 소위 성공한 기업이라 칭해질 정도로 재정이 튼튼하다면 아름다운 배려로 큰 기업이 되어야 할 것입니다.

그것은 또 다른 투자입니다.

새로운 인재를 키워내는 시작점이며 그 인재가 훗날 우리 회사를 발전시킬 겁니다.

만약 당장의 이익에만 창출하기에 급급하다면 그 인재는 빛을 보지 못하고 죽음과 가난 속에서 생명을 잃을 것입니다.

기업인은 인류의 가능성에 투자해야 됩니다.

노력으로 대가를 얻는 공정함은 우리가 가진 욕심을 바르게 이용하는 것에서 시작됩니다. 거기에서부터 발전이 이뤄지며, 그것을 기반으로 인류의 위대함을 배려로 완성할 것입니다.

마지막으로 이를 알려주신 고려제국 황제 폐하와 정부 장관들에게 감사의 뜻을 전합니다.

"……?!"

"이게 대체……."

기고문을 읽고 사람들의 마음이 떨렸다.

신문을 읽던 어느 회사의 기업인은 가슴에서 뭔가 꿈틀거리는 것을 느꼈다.

신문을 내리고 벤치에 털썩 주저앉았다.

"인류의 가능성……."

보통 사람들은 이희를 경외하기 시작했다.

"고려 황제가 이런 사람이었다니……."

"고려 황제의 지시로 소아마비 백신 제조법이 세상에 알려지는 거였어……."

"막대한 부를 포기하고 이런 엄청난 일을 벌이다니. 대체 누가 동양인들에게 미개하다고 한 거야?"

"이래도 백인이 최고라 말한다면 그 인간은 발톱의 때만도 못 한 인간들이야."

"맞아!"

미국에 큰 충격이 가해졌다.

자고로 기업인이라고 하면 자본을 모아서 회사를 차리고 경쟁 업체들을 물리친 후에 큰 부를 이루는 것을 최우선으로 여겼다.

거기에서 노력한 것이 증명이 되어서 명예라는 것을 만들어냈다.
기업인들에게 자본은 곧 명예였다.
그러나 그것과 다른 명예가 미국에서 태어나기 시작했다.
포드모터스의 포드 사장과 필립제이슨사의 서재필이 그 시작을 알렸다.
그리고 사람들이 지향해야 하는 새로운 도착점을 조선인들이 만들었다.
그 도착점으로 사람들의 마음이 쏠리고 있었다.
성한은 그들의 마음에 불을 지르고자 했다.
뉴월드타임스에서 켄트 사장을 만났다.
악수를 하면서 인사한 뒤 소파에 앉아서 이야기를 나눴다.
사장실의 기밀 유지가 이뤄지고 있었다.
"고려에서 소아마비 백신 제조법을 공개하기로 했는데 사람들의 반응은 좀 어떻습니까?"
"대단합니다. 어떤 사람들은 미친 짓이라고 하지만 대다수 사람들이 매우 긍정적으로 여기고 있습니다. 고려 황제와 흥선제약 사장을 크게 칭찬하고 있습니다. 그들을 본받으려고 하는 사람들이 보이기도 합니다."
"노력해서 목표를 성취하는 것이 중요하지만 공익 실천이라는 모범 또한 매우 중요합니다. 그것을 실현시킬 수 있는 사람은 오직 부와 권력을 가진 사람들입니다. 그들이

모범을 보이면서 이익을 취한다면 만인이 존중하고 존경할 것입니다."

"저도 그에 동의합니다."

성한과 켄트 사장의 대화가 계속해서 이어졌다.

"여기서 언론의 역할이 중요합니다. 수익 창출을 위해서 인간의 악함을 이용하는 것이 아니라, 선한 방향으로 사람을 이끌면서 수익을 창출하는 겁니다. 그것이 언론의 지향점이자 가장 어려운 길이며 명예로운 길입니다. 이제 하수에서 벗어날 때가 되었습니다."

"맞습니다. 존스씨. 뉴월드타임스에서 할 수 있는 알려주십시오. 선한 일을 세상에 알리겠습니다."

"미국 기업인들 중에 어려운 처지의 사람들을 돕는 사람들이 있습니다. 그들은 세상에 빛과 소금입니다. 그리고 악덕을 쌓았지만 끝내 깨달음을 얻고 선한 삶을 사는 기업인들도 취재하십시오. 그들을 통해서 세상 사람들이 본받을 겁니다. 그렇게 해서 사람들의 삶이 변화될 겁니다."

성한의 이야기를 경청하면서 켄트가 고개를 끄덕였다.

그런 사람 중에 어떤 사람이 있는지를 물었다.

"추천하실 만한 분이 있습니까?"

그러자 성한이 한 사람을 추천했다.

"뉴욕 리버사이드의 교회에서 그런 분을 만날 수 있습니다."

성한의 조언에 뉴월드타임스에서 지시를 내렸다.

회사에서 취재 활동을 벌이는 기자가 리버사이드에 위치

한 교회로 향했다.

그는 그곳에서 한 크리스천을 만났고 지난날과 현재의 삶에 대해서 인터뷰를 했다.

의자에 앉은 록펠러가 편안한 모습으로 기자의 취재에 응했다.

명암이 뚜렷했던 자신의 삶을 이야기 하고 어떻게 자선가가 되었는지를 알려줬다.

기자가 록펠러에게 사람들에게 하고 싶은 말이 있는지를 물었다.

"혹시 마지막으로 하실 말씀이라도 있습니까?"

그리고 록펠러가 말했다.

"나는 성공과 공헌이 서로 상반되어 있다고 생각했소. 그러나 그것은 함께 이룰 수 있는 일이오. 포드모터스의 포드 사장과 필립제이슨의 제이슨 사장을 보더라도 알 수 있소. 그러나 무엇보다 고려인들을 본받아야 하오."

고려인이라는 말에 기자가 다시금 질문했다.

"고려의 기업인들 중에 아시는 분이 있습니까?"

"알다마다. 이미 이름이 알려진 회사들이 있지 않소. 서라벌상사와 남강상사, 금성차, 남강차, 배라리 등의 회사들이 있소. 무엇보다 고려 황제가 소유한 홍선제약이 참으로 대단하오. 소아마비 백신을 만들면서도 그렇게 사람들에게 공헌할 수가 있지 않소."

기자는 록펠러의 말 한마디 한마디를 빠짐없이 기록으로 남겼다.

"물론 앞으로 개발되는 모든 신약을 공짜로 뿌리진 않겠지만 적어도 그 일은 매우 아름다운 일이오. 특히 명예를 얻기 위해 벌인 일이 아니라 진정으로 구제를 위한 구제였기에 진정성이 있었소. 성공도 성공이지만 적당히 세상에 소금이 될 줄도 알아야 하오."

소금 같은 존재가 되어야 한다고 말했다.

그것은 기업인들뿐만이 아니라 세상 사람들에게 전하는 말이었다.

록펠러의 인터뷰가 있은 후에 포드와 서재필에 대해서도 인터뷰가 이뤄졌다.

그리고 뉴월드타임스의 기사는 번역 발행까지 되어 세상 사람들에게 전해졌다.

때는 20세기 초였다.

인간의 오만함이 극치에 이르던 시기였다.

노예 같은 삶을 살더라도 자신보다 더 못한 자를 보면 멸시하고 깔아뭉개던 시대였다.

한 부랑자가 기차역 앞에서 구걸하고 있었다.

길을 지나던 사람들이 부랑자를 보면서 인상을 썼다.

'왜 저기에 있는 거야?'

'냄새나게…….'

'얼마나 게을렀으면 저런 삶을 사는 걸까? 저런 인간은 세상에서 없어져야 해.'

'마치 괴물같이 생겼군…….'

그때 아들과 함께 차에서 내린 신사가 부랑자 앞을 지나다가 걸음을 멈춰 세웠다.

바닥에 엎드린 부랑자가 손을 벌리면서 돈을 달라고 구걸했고 신사는 미소를 지으면서 그의 손에 삼일 동안 끼니를 걱정하지 않을 정도의 돈을 올려줬다.

부랑자가 더욱 몸을 낮추면서 신사에게 말했다.

"감사합니다……."

그런 부랑자에게 신사가 물었다.

아마도 그날 처음으로 말을 거는 사람이었다.

"일을 하면 돈을 벌면서 욕도 먹지 않을 수 있소. 그런데 어째서 구걸하는 것이오?"

신사의 물음에 부랑자가 말했다.

"보시다시피 저의 얼굴은 흉측합니다. 어릴 때 집에 불이 나서 이렇게 되었는데… 가족도 잃고… 이런 저를 어떤 곳에서도 받아주지 않았습니다… 꼭 병에 걸린 것처럼 보여서……."

"일하고 싶소?"

"예……?"

"세달 동안 일하는 법을 가르쳐줄 테니, 그때까지 기술을 정확히 익히시오. 일당 4달러면 어떻겠소?"

"4…4달러라고요……?"

"그렇소."

"가르쳐주신다면 반드시 배우겠습니다…! 배워서 열심히 일하겠습니다!"

부랑자가 감격에 연신 신사에게 인사했다.
"좋소. 돈을 더 줄 테니 저기 호텔에 가서 몸을 씻고 적당히 옷을 사 입고 오시오. 수염을 정리하고 이발도 하고 말이오. 여기 명함을 줄 테니 우리 회사로 오시오."
명함에 쓰여 있는 사장의 이름과 회사명을 부랑자가 확인했다.
"하워드 로바드 휴즈… 휴즈 드릴 컴퍼니……?"
눈물을 흘리면서 신사에게 고마움을 표시했다.
"감사합니다! 정말 감사합니다! 사장님!"
그의 감사에 신사가 환하게 웃었다.
부랑자를 구제하고 휴즈 사장이 역사 쪽으로 천천히 걷기 시작했다.
사람들이 그 모습을 지켜보고 있었다.
휴즈 사장은 자신과 이름이 같은 아들과 함께 걸으며 자식에게 돈을 쓰는 방법을 알려줬다.
"네게 돈이 있다면 꼭 이렇게 써야 한다. 이것이 바로 약자를 위한 기업인의 배려와 지혜다. 고려인들의 말처럼 저 사람이 우리 회사를 살릴 수도 있다. 알겠느냐?"
"예. 아버지."
"이 점을 명심하며 무엇이든지 도전하거라."
자기밖에 모르는 한 아이의 인생이 변화되고 있었다.
나비가 날갯짓을 하자 그로 인해서 생긴 작은 바람이 폭풍이 되었다.
세상에 큰 변화가 이뤄지기 시작했다.

신조선 책쟁이

빼돌리다

리옹이었다.

세계 대전을 일으킨 죄인들을 심판하는 재판이 프랑스 리옹에서 열렸다.

전 세계 사람들이 주목했다.

조선군에 의해 체포된 빌헬름 2세가 죗값을 치르기 위해 군사재판을 받았다.

그가 피고석에 서 있었고 방청석에 앉은 사람들이 공판을 지켜보고 있었다.

빌헬름 2세의 얼굴이 몹시 어두웠다.

'어찌 이렇게 되었단 말인가…….'

잘못이라고는 동맹으로서 약조한 내용을 충실히 지킨 죄

밖에 없었다.

아니, 분명히 있었다.

하나는 조선의 참전을 막기 위해 인질극을 벌이라고 지시한 것이고, 또 하나는 독일을 위대한 나라로 만들고 역사에 길이 남을 위인이 되기 위해 주변국들에게 영향력을 행사하려한 것이었다.

죽으면 세상에 남길 것은 이름밖에 없었다.

그것은 곧 명예였고 명예를 얻기 위해 수많은 사람들이 목숨을 잃는 것도 감수했다.

전쟁 범죄자로 낙인찍히며 자신이 지은 잘못에 대한 죗값을 치러야 했다.

재판장석에 앉은 조선원정군 헌병대장이 판사를 맡아 판결문을 읽고 있었다.

"피고! 프리드리히 빌헬름 빅터 알베르트는 사라예보 사태로 야기된 오스트리아헝가리 제국과 세르비아 왕국 사이의 전쟁을 중재하지 않고, 군사지원 약조와 동맹의 신뢰를 지키겠다는 이유로 전쟁에 적극 가담하고 세계 대전이라는 유래 없는 전쟁으로 확전시킨 바, 그 잘못과 책임이 매우 엄중하다! 또한 전쟁 도중에 고려 제국 인민을 납치한 사실에 적극 가담하였고 최종 지시를 내린 바, 이는 마땅히 전쟁 범죄며, 그 어떤 변명으로도 포장할 수 없는 악행이다!"

판결문에서는 빌헬름 2세의 죄목이 낱낱이 적혀 있었다.

"그러나 학살 지시가 없었고 포로 학살에 대한 지시는 하급 지휘관이 벌인 것이기에 피고의 주장을 참작한다! 마지막으로 피고의 결정으로 대전 기간에 수많은 사람들이 목숨을 잃었기에, 마땅히 엄중처벌로 일벌백계를 이룰 것이다! 따라서 피고의 혐의 중 개전을 벌인 혐의, 확전을 벌인 혐의, 민간인 피랍에 관한 혐의에 유죄 판결을 내리는 바며, 사형을 제외한 법정 최고형인 종신형을 선고하는 바다!"

"오오오!"

판결이 내려지고 방청석에 앉은 사람들이 소리를 냈다.

신문기자가 들고 있던 사진기들이 번쩍였다.

피고석에 섰던 빌헬름 2세는 결국 고개를 떨어트렸다.

조선군 헌병대에게 붙들려서 끌려 나간 뒤 재판소 밖에 대기하고 있던 밀폐된 화물차에 올라탔다.

그리고 현무 장갑차의 호송을 받으면서 리옹 외곽의 교도소로 향했다.

그곳에선 전쟁 범죄자에 대한 수용과 사형 집행이 이뤄지고 있었다.

전후 처리가 막바지였다.

최종적으로 평화조약을 위한 조약문을 작성하기 전에 베르사유 궁전에서 조선 대표가 발언권을 얻었다.

그의 입에서 큰 전쟁을 막기 위한 방책이 나오자 프랑스 대표인 피숑이 물었다.

그 자리에 있는 모든 사람들이 그와 조선 대표인 조용하를 주목하고 있었다.

"지금 국제 연합이라고 했소?"
"그렇소."
"국제 연합을 창설해서 국제 분쟁을 중재하고, 전쟁을 일으키거나 전쟁 범죄를 일으키는 당사국 등을 징벌하자고?"
"그렇소."
"그렇다면 자세한 것을 알려줄 수 있겠소?"
피숑이 국제 연합 창설에 대해서 상세히 묻자 조용하가 교신으로 지시받은 것을 설파했다.
그가 이곳에서 전하는 것은 조선 정부의 제안이자 성한의 생각이기도 했다.
범국제적인 기구가 아직 세상에 존재하지 않았다.
"승전국 중 전쟁에 결정적인 역할을 한 나라 네 나라가 상임이사국이 되고, 나머지 나라는 가입국으로 그중 8개 나라가 비상임이사국이 되어서 순번으로 2년씩 맡게 되는 거요. 12개 이사국들은 국제 연합에서 회의를 치르고 강제성이 없는 성명을 낼 수 있고 강제성이 포함되는 결의안을 채택할 수 있소. 결의안에는 특정 국가에 대한 제제 결정과 전쟁을 결정해서 당사국의 잘못을 바로잡을 수 있소."
성한은 계속해서 국제 연합에 대한 사항을 설명했다.
"상임이사국에는 거부권이 있고 상임이사국 2개국이 거부권을 행사할 경우, 비상임이사국의 만장일치가 이뤄지게 되면 무력화 될 수 있소. 이는 불의한 일이 발생했음에

도 그들 나라가 국익을 위해 묵인하거나 범죄 국가를 돕는 것을 막기 위함이오. 또한 반드시 여러 나라의 군대를 모아서 군사조치를 해야 함에도 거부권으로 방해하는 것을 막기 위함이오."

또한 성한은 국제사법재판소에 대한 사안도 거론했다.

"국제 연합 아래에 무역 중재와 영토 중재를 위한 국제사법재판소 설치도 제안하는 바요."

설명을 듣고 회의실에 있던 많은 사람들이 고개를 끄덕였다.

설명을 들은 피숑은 영국 대표인 전임 프랑스주재 영국공사와 시선을 맞췄다.

미국 공사의 눈치를 살피고 피숑이 말했다.

"국제 연합의 상임이사국이라면 당연히 우리와 영국, 미국 그리고 고려겠지……."

"그것은 만국의 동의를 얻어서 결정되는 사안이오."

"전쟁을 치르는 데에 있어서 결정적인 역할을 한 네 나라요. 러시아는 도중에 떨어져 나갔고 세르비아는 상임이사국을 감당할 능력이 되지 않소. 그리고 이탈리아는 눈치를 보다가 동맹국이 아닌 우리편에 섰소. 지금 말한 네 나라가 상임이사국이 된다면 국제 연합 창설에 찬성하오."

상임이사국에 대한 욕심을 피숑이 드러냈다.

그런 피숑을 조용하가 차가운 시선으로 쳐다봤다.

영국 대표가 국제 연합 청사 위치에 대해서 물었다.

"만약 국제 연합의 청사를 위치시킨다면 어디에 위치시

키는 것이 좋겠소?"

그 물음에 조용하가 말했다.

"상하이가 어떨까 하오."

"상하이?"

"그렇소. 중국의 상하이요. 비록 중국이 유럽에 군대를 파견하지 않았지만 칭다오의 독일군과 교전을 치렀고 중국에 국제 연합 청사가 세워진다면, 국제 연합이 오직 서양 나라들만의 것이 아니라는 것을 알려주게 될 거요. 그리고 중국은 큰 가능성을 가진 나라요."

조용하의 말에 피숑이 입 꼬리를 당기면서 말했다.

"얼마 전까지만 해도 내전을 치렀던 나라가 아니요? 그런 나라에 청사를 위치시킨다니 있을 수 없소. 파리는 어떻소? 세상의 시간도 파리가 중심이니 충분히 자격이 있다고 생각하는데. 어떻소?"

피숑의 물음에 조용하가 피식 웃었다.

"그럴 바에 한성에 청사를 짓겠소. 이번 전쟁에서 최고의 공로는 우리가 세웠으니 말이오."

"……."

"뭐, 차차 논의해보면 될 것 같소."

마지막에 한양을 지정하자 피숑이 입을 다물고 인상을 썼다.

'교활한 놈. 좋은 모양 다 보이면서 결국엔 고려에 세우자고 하는군! 그 속을 모를 줄 알고!'

국제 연합 창설을 반대하기엔 명분이 없었다.

어떻게든 프랑스를 위해서 애쓰고 싶었지만 대전에서 막강한 군사력을 드러낸 조선의 당당함을 이길 수 없었다.

그것은 영국 대표에게도 마찬가지였다.

미국 대표는 관전하는 모습을 보이고 있었다.

오히려 민족자결권을 내세우며 전쟁이 일어난 원인이 다른 민족이 다른 민족을 지배함으로써 벌어진 일이라고 했다.

영국과 프랑스의 식민지를 독립시켜서 미국 회사의 진출을 용이하게 만들려고 했다.

그것을 피숑을 비롯한 제국 대표들이 알면서 반대했고 당장의 자리에서 결론지으려고 하지 않았다.

본론은 따로 있었다.

각 대표 앞으로 조약문이 올라왔다.

피숑이 조용하에게 물었다.

"이거면 충분하오?"

"충분하오."

"그러면 이 조약문대로 조인식을 치르겠소."

패전국인 독일이 함부로 논할 수 없는 내용이었다.

협상국을 중심으로 한 승전국의 논의로 만들어진 조약문이었다.

조약문에 서명이 날인 되면서 최종적으로 협상국과 독일 사이의 전쟁이 끝났다.

파리 시민들이 환호하면서 종전을 기뻐했다.

"전쟁이 끝났다!"

"와아아아아!"
"프랑스 만세!"
꽃종이가 날리면서 축제의 장이 펼쳐졌다.
역사에 길이 남을 모습이 신문의 사진에 실리게 됐고 베르사유 궁전은 전쟁의 끝을 고하는 성지가 되었다.
그리고 독일에겐 치욕으로 점철되는 날이 되었다.

* * *

조약문이 한양으로 보내지고 외부에서 그것을 면밀히 살폈다.
동시에 협상국과 오스트리아헝가리 제국 사이에서 평화 조약이 맺어졌고 불가리아와 오스만 제국에 대해서도 전쟁을 끝내는 평화 조약이 맺어졌다.
세 조약에서 조선은 핵심적인 위치에 섰다.
세 조약에서 조선에 해당되는 조항만 따로 정리되어 이희에게 전해졌다.
나머지는 역사와 크게 다르지 않았다.
이희가 장성호와 민영환으로부터 보고문을 받았다.
"예정대로 기니가 우리에게 할양됐군. 사모아는 미국에게 할양되었고 말이다."
"전에 말씀드린 대로 독립이 이뤄질 겁니다. 무역을 벌이면 우리 기업에 좀 더 많은 특혜를 얻기로 하고 말입니다. 그것을 통해 민족자결주의를 이룰 겁니다."

몇 안 되는 독일 태평양 식민지였다.

뉴기니와 사모아가 각각 조선과 미국에 할양됐고 조선에선 사모아를 친조선적인 나라로 독립시키려고 했다.

세상 모든 나라가 식민 지배를 벌인 가운데 오직 조선만이 독립을 보장해주는 것이기에 어느 정도의 이득을 취할 수 있었다.

그러나 승전국으로서 얻을 수 있는 이익의 핵심은 아니었다.

독일을 상대로 전쟁에서 이겨서 얻을 것이 별로 없었다.

거기에 관해서는 영국과 프랑스에게 맡기고 오스만제국과 평화조약을 체결할 때 큰 목소리를 냈다.

그로 인해 상당한 영토가 할양됐다.

이희가 지도를 훑으면서 민영환에게 물었다.

"이곳이 아라비아라 불리는 서역인가?"

"예. 폐하."

"상당히 넓은 땅이군. 우리가 만주와 연해주를 되찾지 못하고 구주를 얻지 못했다면 몇 배는 컸을 땅으로 보인다. 여기에 그렇게나 많은 석유가 묻혀 있는 것인가?"

석유를 거론하면서 묻자 민영환 대신 장성호가 대답했다.

"그렇습니다. 석유는 아라비아에 많이 묻혀 있습니다. 그리고 이라크 일대와 유프라테스 강 하류에도 묻혀 있습니다. 그 땅 모두를 할양받았고 아직 영길리와 불란서는 잘 모르는 상태입니다."

"나중에 알게 되면 크게 후회하겠군."

"그럴 겁니다. 그들은 지금 이집트와 팔레스타인을 가져갔다는 것에 만족하고 있습니다. 불란서는 요르단과 시리아를 할양받았고 이중 영길리가 할양받은 땅이 가장 넓습니다. 아마 영길리는 할양받은 땅에서 석유 매장지를 찾으려 할 겁니다."

아직 석유 매장지가 제대로 밝혀지지 않았을 때였다.

오직 장성호를 비롯한 천군과 그로부터 지식을 전해들은 이희만이 알고 있었다.

민영환은 그곳에 석유가 매장되어 있다는 것만 알 뿐 장성호와 천군이 어떻게 그 사실을 알고 있는지에 대해 궁금히 여겼다.

그러나 따로 묻진 않았다.

장성호의 이야기를 듣고 이희가 고개를 끄덕이면서 말했다.

"요하의 유전을 생산하고 있었고 남포 앞바다와 제주도 남쪽 바다의 해저 석유 매장지를 보유하고 있다. 여기에 서역의 유전을 더하면 우리가 가격을 결정짓겠군."

"수출로 국부를 이루게 될 겁니다."

"하지만 그 땅은 우리 땅이 아니라 남의 땅이지. 그러니 계획대로 토호들의 독립을 돕되, 매장된 석유를 우리가 소유하는 것으로 하라. 그들은 땅을 원하고 우리는 산업을 먹여 살리는 쌀을 구할 것이다. 유전을 소유하여 국부를 이룰 것이다."

“황명을 받들겠습니다. 폐하.”

경제 성장을 이루는 데에 있어서 언제나 발목을 잡았던 원유 문제를 해결하기 위해서였다.

나아가서 원유 매장지들을 소유해서 우주 개척 시대를 맞이하기 전까지 대한민국이 이루지 못했던 큰 발전을 이루길 원했다.

그런 생각을 떠올리는 머릿속에서 감탄이 일었다.

‘사우디아라비아의 유전을 우리가 가지게 되다니…….’

입가에 절로 미소가 배어들었다.

커피를 마시고 이희가 장성호에게 물었다.

“유과장은 지금 무엇을 하고 있는가?”

미국에서 성한을 직접 만난 적이 있었다.

민영환이 장성호를 통해 성한이 지금 무엇을 계획 중인지 듣고자 했다.

장성호가 성한이 준비하는 일을 이희에게 알렸다.

“영화사를 차리려고 합니다.”

“영화사?”

“사람들의 눈과 귀를 사로잡는 영화로 대업을 이루려고 합니다.”

장성호가 말하는 대업이 무엇인지 이희는 알고 있었다.

그러나 민영환은 그것이 무엇인지 몰라 겉돌았다.

영화사를 세우는 일이 대업이라는 사실은 시간이 꽤 지나서야 알게 되는 일이었다.

* * *

영화 제작을 꿈꾸는 한 청년을 성한이 만났다.

그의 이름은 '빅터 론조 플레밍'으로 1차 세계 대전에 참전해 윌슨의 수석사진사로 일했던 인물이었다.

그가 윌슨과 포드를 통해서 성한을 만났다.

성한이 포드가 증명하는 거부라는 사실만 플레밍이 전해 들었다.

포드를 믿고 성한을 믿었다. 성한이 플레밍에게 제안했다.

"영화사를 세우고 싶은데 돈은 있고 사람은 없습니다. 그래서 플레밍씨를 영화사의 사장이자 연출가로 고용하고 싶습니다. 어떻습니까?"

"저를… 사장으로 고용하겠다고요?"

"그렇습니다. 전폭적인 지원으로 제작하고 싶은 영화를 얼마든지 만들 수 있도록 돕겠습니다. 어떻게 생각합니까?"

세상의 어떤 사람도 갓 제대한 풋내기인 자신에게 그런 제안을 할 수 없었다.

그는 평소에 인종에 대해서 그리 편견을 가지지 않는 사람이었다.

그 사실을 성한이 알고 있었다.

'바람과 함께 사라지다를 영화로 연출했지. 그리고 오즈의 마법사로 세상에 이름을 널리 알린 감독이야. 바람과

함께 사라지다가 흑인이 노예로 삶을 살던 시절을 나타낸 영화인데 흑인 배우들이 상처를 입을까봐 세심하게 배려했던 감독이야. 어리지만 이 사람이 감독이 되어야 해.'

때문에 그가 영화사의 사장에 적임자라 여겼다.

동시에 미국에서 영화사를 차려야 하는 것을 생각했다.

'조선이 서양에 견주는 나라가 된 것은 틀림이 없어. 적어도 조선만큼은 인정해주는 상황이야. 하지만 문화계에서만큼은 달라. 몇 번이나 조선인의 능력을 보여줘야 인정해줄까 말까야. 21세기가 되어야 겨우 동양계 배우들과 감독이 빛을 봤어. 아직은 미국에서 영화사를 세워야 흥행할 수 있어.'

영화를 아무리 잘 만들어도 조선 회사라는 이유로 동양인이 나온다는 이유로 흥행에 실패하는 것을 경계했다.

먼저 명작을 만드는 영화사와 감독을 사람들에게 인지시키고 차츰 조선을 중심으로 한 동양인들도 참여할 수 있도록 만들려고 했다.

그래야 조선에서 영화사를 세우고 제작해도 전 세계를 상대로 흥행할 수 있었다.

그것을 통해 세상에 좋은 영향을 끼칠 수 있었다.

욕심을 내지 않고 차근차근 준비했다.

그리고 성한의 제안을 플레밍이 받아들였다.

그가 영화를 만들고자 했다.

"좋습니다. 제안을 받아들이겠습니다. 수입은 어떻게 됩니까?"

"두가지 안을 준비했습니다."

"어떻게 말인가요?"

"순수익을 기준으로 플레밍씨가 만들고 싶은 영화를 만들었을 때는 4대1로 하겠습니다. 존중해드린 만큼의 대가가 있어야 하니까요. 반대로 제가 플레밍씨에게 영화를 만들어달라고 요구했을 경우, 수익을 2대3으로 나누겠습니다. 혹시 이견이 있습니까?"

"없습니다. 있을 리 있겠습니까. 저를 도와주시는데 제 안을 받아들이겠습니다."

"그러면 지금 구상하고 계시는 작품이 있습니까?"

"구상한 것은 있지만 좀 더 완성시켜서 말씀 드리겠습니다. 완성도를 높여서 꼭 흥행에 성공하고 싶습니다."

"기대하겠습니다. 그리고 이미 말씀 드렸지만 저와의 관계에 대해서 비밀을 지켜주십시오. 뒷이야기로는 포드 사장이 도운 걸로 하겠습니다."

"알겠습니다."

포드를 통해서 만났기에 포드 사장실에서 계약을 맺었다.

젊은 플레밍이 성한과 악수를 하면서 밖으로 나갔다.

성한은 포드에게 감사하다는 말을 하고 온 김에 포드모터스의 차량 제작 상황을 살폈다.

* * *

성한이 워싱턴을 타고 디트로이트 역으로 향할 때였다.

운전대를 잡은 석천이 사이드미러를 보다가 인상을 찌푸렸다.

2열석에 앉아 있던 성한이 물었다.

"뭔가 있습니까?"

석천이 무겁게 대답했다.

"미행입니다. 오늘 아침부터 따라붙어서 이상하게 생각했는데 지금도 따라붙는 것을 보니 확실합니다."

"따돌릴 수 있겠습니까?"

"저쪽 코너에서 따돌려 보겠습니다."

성한이 타고 있는 워싱턴을 포드퍼스트 한 대가 따라붙고 있었다.

역으로 향하는 길 모서리에서 그가 탄 워싱턴이 유려하게 커브를 그렸다.

그리고 포드퍼스트도 따라 코너를 돌면서 빌딩을 돌아갔다.

그때 타이어에서 펑, 하는 소리가 발생했다.

달리던 포드퍼스트가 멈춰 섰고 안에 타고 있던 사람들이 당황했다.

창문을 열고 압정을 뿌렸던 석천이 사이드미러를 보고 있었다.

성한이 뒤돌아보면서 말했다.

"지금 상황에 미행을 하다니… 누굴까요?"

"일단 일본이나 청나라는 아닙니다. 우리가 이긴 상대니 말입니다."
"설마 영국이겠습니까?"
"잘 모르겠습니다. 하지만 돌아가서 확실히 살펴봐야 할 것 같습니다. 누군가 과장님의 뒤를 캐려는 것 같습니다."
누구의 사주를 받은 건 지 알 수 없었다.
미행을 따돌리고 기차역에 도착한 성한과 석천은 화장실에서 옷을 갈아입은 뒤, 얼굴에 수염을 붙이고 금발로 된 가발을 쓰고서 눈에 컬러 렌즈를 끼워 백인으로 변장했다.
그리고 기차를 타고 뉴욕에 도착했다.
집에 도착하자 혜민이 성한을 보고 입에 물고 있던 사탕을 떨어트렸다.
"아빠……?"
"그래 아빠다."
"근데 왜 그런 모습을 하고 있어?"
"왜냐하면 우리 딸을 놀라게 하려고……."
"신고할 뻔했잖아."
"뭐……?"
"한번만 더 그렇게 하면 경찰을 부를 거야. 다음부터 그런 장난치지 마."
"그…그래……."
"나 공부해야 되니까 이제 부르지 마."
"……."
중학생이 된 혜민이 방에 들어가서 문을 닫았다.
그런 혜민을 보면서 성한이 씁쓸해했다.

함께 들어온 석천이 닫힌 방문과 성한을 번갈아 보면서 말했다.

“영락없이 선생님을 닮았습니다.”

“그러게 말입니다. 모전여전이네요. 어릴 때만 해도 내 배 위에서 뒹굴었는데…….”

“조만간 연애를 하게 될 거고, 더 크면 결혼도…….”

“그만.”

“…….”

“거기까지 합시다. 그리고 우리 딸은 절대 시집 안 보냅니다. 어떤 놈이 감히 제 딸을 데려간답니까? 있을 수 없는 일입니다.”

성한의 결의를 듣고 석천이 한숨을 쉬었다.

그리고 고개를 저으면서 헛된 희망을 가진다고 생각했다.

그나마 혜민의 성격 때문에 들통 나지 않았다.

“그래도 다행입니다. 과장님께 꼬치꼬치 캐묻지 않아서 말입니다. 일단 미행에 관련해서 한양과 교신을 취해야 할 것 같습니다.”

의심되는 나라가 몇 나라가 있었다. 그리고 수시로 장성호와 연락했다.

그러나 좀 더 정보를 공유하고 어떤 나라와 이가 뒤를 캐려는지 명확히 알아야 했다.

장성호가 집에 돌아오는 때에 맞춰서 통신기를 켜고 교신을 했다.

장성호에게 뒤가 밟힌 사실을 전하고 이야기를 나눴다.

성한이 의심하는 나라를 물었다.

"혹시, 영국은 아니겠죠?"

—가능성만 따지자면 영국이 매우 높습니다. 그리고 프랑스도 말입니다. 하지만 영국과 프랑스에서 과장님을 인식한 것은 아닌 것 같습니다. 두 나라가 경계하는 것은 조선입니다. 미국이 아니라 조선에 시선이 쏠려 있습니다.

"그렇다면 누가… 지금 상황에서 일본이나 중국이 뒤를 캐려하진 않을 테고……."

—지금 생각이 드는 건데 저는 최악을 가정합니다.

"어떤 가정을 말입니까?"

—미국입니다. 미국이 과장님의 뒤를 캘 수도 있습니다. 여태까지는 괜찮았습니다만 이번 전쟁에서 우리는 월등히 협상국의 군사력을 넘어섰습니다. 심지어 우릴 도와줬던 미국조차 말입니다. 아마도 조선이 어떻게 급속도로 발전했는지 캐려 할 겁니다. 그런 가정을 하게 되면…….

"조선에 진출, 혹은 연관된 회사들부터 조사하고 감시하겠군요."

—저라면 그럴 겁니다. 그리고 과장님은 동양인입니다. 백인과 흑인 일색인 미국 땅에서 조선에 진출하거나 관련된 회사에 출입하는 동양인이 있다면 의심할 수밖에 없습니다. 과장님께 있어서 최고의 적은 미국일 겁니다.

장성호의 이야기에 성한이 침묵으로 동의했다.

잠시 고민에 빠지다가 만약이라는 가정으로 미국 정부의

행동을 예상했다.

"제가 미국 회사 사장들과 계속 접촉한다면 끝내 저를 추적하겠군요."

—아마도 그럴 겁니다.

"저의 존재를 미국 정부가 파악하고 저와 폐하와의 관계를 안다면 현재 미국의 경제를 받치고 있는 기업들을 조선 기업으로 인식하게 될 겁니다. 필립제이슨부터 포드모터스까지 말입니다. 그 외에 여러 회사들과 함께 조선에 진출하고, 생산 시설과 금융망을 구축하고, 조선회사들과 협업을 했으니 아마도 조선이 미국을 식민지로 삼았다고 인식을 받게 되겠죠. 그러면……."

—그 회사들을 미국 회사로 돌려놓을 겁니다.

"제가 소유하고 있는 주식을 노릴 수도 있겠네요. 주식은 곧 소유로서의 권한도 가지니까요. 주식을 강탈당하면 제 회사는 미국 정부의 회사가 됩니다. 저에 대한 구속은 그것에 비하면 아무 것도 아니죠. 아무래도 주식의 명의를 바꿔야 할 것 같습니다."

—가능하겠습니까?

"가능은 합니다. 배당금을 받아내기 위해서 사람이 필요했는데 마침 그 사람이 뉴욕 증권거래소의 소장이 되었습니다. 불가능하다면 다른 계획을 세워서 명의를 바꾸겠습니다. 그렇게 해서 위임장으로 배당금을 받으면 됩니다."

—위임장 양식은 있습니까?

"있습니다만 제가 알아서 작성하겠습니다. 폐하께 말씀

드려서 신상명세를 보내주시기 바랍니다. 그것으로 주식 명의를 바꾸겠습니다. 그리고 수결도 동등하게 써넣겠습니다."

성한의 이야기를 듣고 장성호가 알겠다고 대답했다.

그리고 마지막으로 우려를 전했다.

—만약 미국 정부가 위임을 무력화시킨다면 어떻게 되겠습니까? 정부 권력이 움직여서 작정하고 사람을 죽이겠다고 하면 죽일 수 있습니다. 마찬가지로 정당한 절차로 주식 명의를 이전시켰다 하더라도 그것을 얼마든지 무효화시킬 수 있습니다. 강제로 말입니다. 그런 일을 대비해야 됩니다.

장성호의 걱정에 성한이 단호히 말했다.

"그런 상황이 벌어진다면 미국 정부는 반칙을 벌이는 셈입니다. 정당하지 못한 방법을 동원해서라도 폐하의 이익과 조선의 국익을 건드리겠다는 의도를 드러내는 것이죠. 지금의 미국 회사들이 폐하의 자본과 우리가 전한 미래 기술로 성장했는데 말입니다. 마땅히 응징을 가해야 될 일입니다. 하지만 그 전에 겁부터 주려고 합니다."

—어떻게 말입니까?

"핵무기를 공개합시다."

—…….

"미국 대통령과 정치인들을 상대로 핵무기의 위력을 보여주는 겁니다. 마음만 먹으면 우리가 미국을 파괴할 수 있다고 말입니다. 그것을 알게 되면 함부로 자신들의 권익을 위해서 우릴 견제하려는 짓을 하지 않을 겁니다. 적어도 정당하지 않은 방법까지 동원하면서 말입니다. 공생은 거기에서부터 시작됩니다."

약육강식의 논리로 채워진 세상이었다.

세상이 너무나 악하기에 나라를 지키는 건 오직 압도적인 무력을 갖춰야만 가능한 일이었다.

함부로 다른 나라가 싸움 걸 수 없도록 만들고 진심을 다해서 함께 할 수 있다는 설득하고 우애를 다져야 했다.

성한이 장성호에게 말했고 그것을 들은 장성호의 숨소리가 미묘했다.

곧바로 성한에게 말했다.

—아직 세상은 핵무기가 있다는 것을 모릅니다. 하지만 우리가 공개함으로써 핵 군비 경쟁이 벌어질 수 있습니다. 미국을 포함해 서양 나라들이 가만히 있지 않을 겁니다.

장성호의 걱정에 성한이 단호히 말했다.

"알고 있습니다. 하지만 쉽게 비밀을 밝혀낼 수 없을 겁니다. 지금 시대에서 핵물리학은 거의 새로운 학문이니 말입니다. 20년 뒤면 모를까 지금은 따라잡기 힘듭니다. 그러니 차라리 지금에 먼저 선수 쳐서 우리가 범접할 수 없는 나라라는 것을 보여줘야 합니다. 그런 나라가 존중을 보여줄 때 믿고 따르게 됩니다."

성한의 말에 장성호의 침묵이 길어졌다. 그리고 대답했다.

—과장님의 의견에 동의합니다. 하지만 중요한 사안이

기에 총리대신과 천군의 주요 인사들과 만나서 이야기해 보겠습니다. 그리고 결론을 알려드리겠습니다. 폐하의 신상명세와 서명에 관해서는 최대한 빠르게 보내드리겠습니다.

"알겠습니다."

—핵무기로 위협하는 것만큼은 가급적 벌이고 싶지 않습니다.

"동감입니다."

핵 무력시위에 관해서는 일단 다른 사람들의 의견을 물어보고 결정하기로 했다.

그리고 주식 명의 이전을 위해 이희에게 말해서 신상명세를 받고 서명을 받기로 하면서 교신을 마쳤다.

다음 날이었다.

성한이 뉴욕 증권거래소를 찾아가 소장을 만났다.

소장은 성한으로부터 한번 크게 도움을 받은 적이 있었다.

VIP룸의 소파에 성한이 앉았고 그 앞으로 커피와 쿠키가 놓였다.

맞은편에 소장이 앉으면서 이야기했다.

"덕분에 이렇게 소장 직까지 오르게 되네요. 처음 존스 씨를 만났을 때 이런 날이 올 거라곤 생각하지 못했습니다. 저의 어머니를 살려주신 것에 대해선 아직도 고맙게 생각하고 있습니다."

병원비가 없어서 발을 동동 굴렀던 증권사의 말단 직원

이었다.
성한이 그에게 병원비를 줬고 마차에 치었던 어머니가 수술로 살아났다.
그때 필립제이슨사의 페니실린이 한몫했다.
그를 통해서 주식 거래를 했고 실적이 높았던 직원은 어느새 소장 직에 올랐다.
그에게 동양인은 다른 누군가가 부르는 것처럼 동양 원숭이가 아니었다.
오직 어머니를 살려주고 출셋길을 열어준 존재였다.
성한이 배당금을 받아가고 그의 실적을 높여줄 때 다른 직원의 물음에 함구했을 정도로 입이 무거웠던 사람이었다.
이름은 '존 도슨'이었다.
성한이 주식 이전 신청서를 냈고 이희의 서명이 들어간 위임장을 받았다.
그걸 통해서 증권 계좌 개설신청서도 함께 꺼냈다.
위임장과 신청서들을 보고 도슨의 미간이 좁혀졌다.
"이것은……."
성한이 도슨에게 말했다.
"제가 가진 주식을 이분께 이전시킬 겁니다."
"이분은……."
"고려 제국의 황제십니다."
"……?!"
"주식을 본래의 주인께 돌려드릴 겁니다. 고려 황제 폐하의 개인 계좌를 개설해주시고 제가 소유한 주식을 이전 시켜주시기 바랍니다. 물론 명의 이전에 관련 된 수수료와 세금을 떼시고 말입니다. 정당한 절차 그대로 행하여 주시기 바랍니다."

"……."

머리가 샌 도슨의 눈동자가 떨렸다.

성한의 얼굴을 보았다가 조선 황제가 써준 것 같은 위임장을 보고 계좌 신청서를 보았다.

그에게 성한이 물었다.

"미국 기업이 고려에게 넘어가는 것 같습니까?"

"솔직히는 그렇습니다."

진실 된 대답을 듣고 성한이 말했다.

"인종차별이 심한 이 미국 땅에서 동양인인 제가 무슨 돈이 있었겠습니까? 이곳에서 회사에 투자할 때 쓰였던 돈이 곧 고려 황제 폐하께서 주신 돈이었고 그것은 도슨 소장의 어머니를 살렸을 때도 쓰였습니다."

"……."

"고려 황제 폐하께서 도슨 소장의 어머니를 살리셨습니다. 제가 주식을 소유한 회사들은 도슨 소장도 알고 있겠지만 직원들이 행복을 느끼는 회사들입니다. 그리고 실질적으로 미국을 먹여 살리는 회사들이기도 합니다. 그런 기업의 주식이 제게 있다는 것을 미국 정부가 알게 되면 어떻게 되겠습니까? 주식을 강탈당해서 정부가 그 회사들의 주인이 되고 직원들은 아마도 노예처럼 일하게 될 겁니다.

미국 정부가 부호들과 결탁되어 있으니 말입니다. 미국과 미국인을 위한 선택은 무엇인지 생각해보시기 바랍니다."

성한의 말에 도슨이 잠시 생각에 잠겼다.

그동안 성한이 소유하고 있던 기업들이 어떤 모습을 보였는지를 기억하고 판단했다.

그리고 자신의 어머니를 살렸을 때의 기억을 떠올렸다.

머리로 한번 더 생각했고 마음이 가는대로 손을 움직였다.

성한이 내어준 신청서를 집어서 처리하려다가 마지막으로 성한에게 질문했다.

"만약 정부에서 절 심문한다면 뭐라고 이야기해야 할까요?"

성한이 웃으면서 대답했다.

"솔직하게 말씀하시면 됩니다. 정당한 절차를 통해서 이전을 하는 거니까요. 무려 세금도 제대로 냅니다."

대답을 듣고 도슨이 피식 웃었다.

그가 어머니를 살려준 사람들에 대한 은혜를 갚았다.

이희의 계좌가 개설되고 계좌에 성한의 주식이 모두 옮겨졌다.

새로 인쇄된 종이 증권 위에 도슨의 서명이 날인되고 대리인인 성한의 서명이 새겨졌다.

주식을 넘겨주면서 도슨이 당부했다.

"포드모터스와 필립제이슨, US인더스트리와 대한로드쉽까지, 그동안 미국 시민을 위해 경영이 이뤄졌다는 것을 압니다. 앞으로도 그렇게 될 수 있도록 해주십시오."

성한이 고개를 끄덕이면서 대답했다.

"주식의 명의 외에 달라지는 것은 아무것도 없습니다. 고려는 미국과 미국 시민을 소중한 친구로 여길 겁니다. 그렇게 되기 위해서 최선을 다할 겁니다."

증권거래소에서 작성해 준 위임증명장과 주식 원본을 챙겼다.

앞으로 주식은 이희가 소유하고 성한은 위임장을 들고 배당금을 챙길 수 있었다.

그것으로 모든 명분을 구축했다.

성한이 뉴욕 증권거래소에서 나와서 포드퍼스트에 탔다.

이제는 평범해진 포드퍼스트를 타면서 워싱턴을 타게 됨으로써 사람들로부터 모이는 시선을 피하려고 했다.

운전대를 잡은 석천이 물었다.

"이제 어디로 갑니까?"

성한이 석양을 보면서 말했다.

"서부로 갈 겁니다. 오랜만에 대한해운 사장을 만나야 할 것 같습니다."

주식 원본을 전하기 위해 성한이 차와 기차를 타고 샌디에이고로 향했다.

그 사이 윌슨은 포드모터스와 조선의 연관성을 알아내려고 했다.

한 동양인이 포드를 만났다는 사실이 포착됐다.
미행에 실패했지만 포드모터스가 조선과 관련되어 있었다.
조선에 공장을 세우고 자동차 제작 기술을 전한 회사이기도 했다.
그 사실을 윌슨이 주목했다.
“필립제이슨이 유력한 줄 알았는데 포드였다니…….”
“포드모터스도 고려에 진출한 회사입니다.”
“뭔가 있는 것은 분명한 것 같군. 포드 사장을 직접 만나서 물어봐야겠소. 심문처럼 되겠지만. 그를 백악관으로 호출하시오.”
“알겠습니다. 각하.”
윌슨의 지시를 마셜과 비서실장이 따랐다.
그 후로 포드에게 백악관으로 와서 윌슨을 예방하라는 연락이 전해졌다.
며칠 지나서 포드가 윌슨을 만나서 독대했다.
비서실장과 경호실장 외에 아무도 없는 방에서 포드는 긴장된 기분으로 탁자 위에 놓인 차를 마셨다.
그를 보던 윌슨이 직설적으로 물었다.
“언제부터였소? 언제부터 미합중국의 기업이 아니라 고려의 회사가 되었소? 솔직히 대답하시오.”
“예……?”
윌슨의 물음에 포드가 어리둥절한 표정을 지었다.
그리고 다시 윌슨이 물었다.

"고려를 돕고 있지 않소? 솔직히 대답하시오. 그렇지 않으면 고려의 첩자로 간주해서 처벌할 것이오."

"……."

"어서 대답하시오."

윌슨의 눈동자에 배신감과 분노가 서려 있었다.

그의 분노를 보고 포드가 몹시 당황했다.

떨리는 손으로 찻잔을 내렸다.

그리고 호흡을 고른 뒤 차분하게 이야기했다.

조선을 도운 일은 사실이었다.

"고려를 도왔던 것은 사실입니다. 하지만 그것은 어디까지나 정부의 지침을 받고 공장을 세우고 기술 협력을……."

"뻔뻔하군!"

"……."

"지금 포드 사장 앞에 있는 사람은 미합중국의 통수권자이자 권력가요. 내 말 한마디면 포드모터스는 미국에서 사라질 수 있소. 그러니 대답을 잘 하시오."

언성을 높이면서 윌슨이 포드를 위협했다.

포드가 심호흡을 하고 다시 말했다.

"처음에는 도왔습니다. 하지만 지금은 사정이 달라 우리가 도움을 받고 있습니다."

"뭐라고?"

"포드모터스에 쓰이는 기술 중 대부분이 고려에서 도입한 기술입니다. 엔진의 출력을 높이는 과급기를 비롯해서 고급차에 들어가는 가변 댐퍼와 정밀기계가공 설비까지, 그 모든 기술이 고려의 도움으로 얻은 것들입니다. 각하께선 뭔가 잘못 알고 계신 것 같습니다."

이번에는 윌슨이 침묵하면서 눈동자가 흔들렸다.

머릿속이 복잡해지면서 포드가 한 말이 사실인지 다시 확인했다.

"사실이오……?"

"예, 각하. 사실입니다."

기막힌 표정으로 머릿속에 그려지던 그림이 지워졌다.

그리고 그 그림 안에서 동양인 한 사람만이 남았다.

그에 관해서 포드에게 물었다.

"포드 사장이 만났던 동양인에 대해서 말하시오. 이미 우리는 모든 것을 알고 있소."

질문을 받고 포드가 성한과의 통화를 기억했다.

'이제 비밀로 하지 않아도 될 것 같습니다. 누군가 저에 대해서 묻는다면 말하셔도 괜찮습니다.'

그리고 생각했다.

'당사자가 괜찮다고 하니 괜찮겠지.'

솔직하게 윌슨에게 말해줬다.

"우리 회사의 대주주입니다."

"대주주?"

"예, 각하. 그가 포드모터스 지분의 90%가량을 가지고 있습니다."

"……?!"

충격에 윌슨의 심장이 멈출 뻔했다.

눈가를 씰룩이다가 급히 자리에서 일어나서 집무실 책상 위의 전화 수화기를 들고 부통령에게 연락했다.

그리고 그에게 급히 지시를 내렸다.

"포드모터스의 주식을 조사하시오. 그리고 주식에 특이 사항이나 관련된 자가 있으면 알려주시오. 범인이 포드모터스의 주식 지분 90%을 갖고 있다고 하오."

통화를 끝낸 후 제자리로 돌아와서 찻잔을 들었다.

이번에는 윌슨의 손이 떨리고 있었다.

찻잔을 내린 윌슨이 포드에게 물었다.

"언제부터였소……?"

"처음부터였습니다."

"처음부터?"

"처음부터 포드모터스는 해리 존스씨의 회사였습니다. 그분이 주신 자금으로 회사를 세웠습니다. 그분은 필립제이슨의 대주주이기도 합니다."

예상하지 못했던 풍경이 펼쳐졌다.

회사 사장이 당연히 회사의 소유주라고 생각했던 전제가 무너지고 있었다.

미국을 건설하고 영광을 가져다준 회사가 미국 회사가 아니라는 것을 알게 됐다.

충격적인 사실을 듣고 윌슨의 사고가 마비됐다.

어쩌면 두 회사뿐만이 아니라 조선과 관련된 모든 회사가 '해리 존스'라고 불리는 동양인이 대주주일 수도 있겠다는 생각이 들었다.

윌슨의 표정이 일그러지고 있었다. 그 모습을 보고 포드가 물었다.

"존스씨에게 위해를 가할 생각입니까?"

윌슨이 대답했다.

"설령 미국 시민권을 가지고 있다 해도 그자는 고려인이오. 따라서 포드모터스는 고려 회사요. 그가 소유한 주식을 거둬들여서 포드 사장에게 줄 것이니 포드모터스를 미국을 대표하는 기업으로 경영하시오."

"불가능합니다."

"어째서?"

"앞서 말씀드린 것처럼 포드모터스는 고려에서 기술을 받아서 차를 생산하는 회사입니다. 포드모터스가 발전할 수 있었던 이유는 존스씨를 통해 고려와 연결이 됐기 때문입니다. 그런 상황에서 존스씨에게 해를 끼치면 우리 회사는 빈껍데기 회사가 됩니다."

포드의 이야기를 듣고 윌슨이 충격에 빠졌다.

그리고 미국이라는 나라의 산업이 누구 손에 달려 있는지를 알게 됐다.

포드모터스뿐만이 아니라 US인더스트리를 비롯한 모든 회사가 그러하다면 이미 미국은 조선인들 손에 달려 있는 셈이었다.

조선군의 무기가 어째서 미국의 무기를 앞서는지 이유를 알게 됐다.

'그래서였군! 우리 무기가 우리 기술이 아니라 조선의 기술로 만들어진 것이었어! 그래서……!'

미국과 조선군의 전차는 유럽의 전쟁터에서 큰 충격을 선사했다.

그러나 그 충격에도 격차가 있었다.

사람들은 맹호 전차를 최고로 여겼고 미군 전차를 두번째로 여겼다.

그 원인을 드디어 알게 됐다.

조선과 전쟁을 치러봐야 미국이 불리할 게 뻔히 보였다.

포드는 조선과 대결하는 것을 상상하는 윌슨의 생각을 읽었다.

그를 보면서 포드가 말했다.

"고려는 우호적인 나라입니다. 그런데 어째서 정당한 방법으로 주식을 강탈하시려 합니까?"

"강탈이 아니라 미국의 회사니 미국의 회사로 돌리려……."

"그러니 그게 잘못됐다는 겁니다. 처음부터 포드모터스는 미국 회사가 아닙니다. 해리 존스씨께서 주신 자본과 조언으로 설립되고 지금은 고려의 기술로 성장하고 있습니다."

"그렇지만."

"노동자들에 대한 처우도 미국인들에 의해서 세워진 회

사와 전혀 다릅니다. 필립제이슨을 보더라도 직원들에 대한 대우가 후하다는 것을 아실 겁니다. 높은 임금과 행복도로 미국의 경제와 사회를 긍정적으로 변화시키고 있는데 단지 순수한 미국인이 설립한 회사가 아니라고 그런 탄압을 벌이십니까? 고려는 우리와 함께 유럽에서 함께 피를 흘렸던 나라입니다."

"……."

윌슨을 상대로 포드가 호통을 쳤다.

그의 말에 윌슨은 어떤 말로도 반박하며 자신의 생각을 이해시킬 수 없었다.

사실과 전례는 명확했다.

윌슨이 느끼는 위협은 생각이었고 포드가 말하는 것은 진실이었다.

그때 전화벨 소리가 울려 퍼졌다.

"대통령이오."

책상 위의 전화기를 윌슨이 들고 마셜의 보고를 전해 들었다.

수화기 안에서 부통령의 목소리가 떨리고 있었다.

—주식의 명의가 바뀌었습니다… 각하…….

"누구로 말이오?"

—고려 황제입니다. 고려 황제 이희가 포드모터스의 대주주입니다. 그리고 해리 존스는 대리인입니다… 포드모터스 외에 여러 다른 기업도 이미 장악된 것 같습니다…….

보고를 듣고 혼절할 뻔했다.

알겠다는 대답과 함께 윌슨이 수화기를 내렸고 그 자리에서 휘청거리며 비서실장과 경호실장의 도움을 받았다.

두 사람에게 괜찮다고 말하면서 힘들게 소파에 앉았다.

그리고 포드에게 말했다.

"주식의 소유주가 바뀌었소… 고려 황제가 대주주라고 하오… 알고 있었소?"

"몰랐습니다."

"그런데 놀라거나 불안해하지 않는 거요?"

"그럴 필요가 없으니 말입니다. 고려인들이 이 미국 땅에서 어떤 일을 했는지, 세계에서 어떤 일을 했는지 기억하시기 바랍니다."

성한이 소유했던 주식의 명의가 바뀐 사실은 포드에게도 처음 전해지는 이야기였다.

하지만 그는 불안해하지 않았다.

그는 전적으로 성한과 조선인들을 신뢰했다.

그들이 미국에서 어떤 모범을 보였는지를 알고 있었다.

그러나 윌슨은 그것을 아직 볼 수 없었다.

그저 불안해하며 미국 경제가 조선에게 얼마나 넘어갔는지를 제대로 파악하고자 했다.

부통령에게 지시를 내리고 몇 시간 후에 결과를 들었다.

미국 경제의 대부분이 고려 황제의 손에 넘어가 있다는 것을 알게 됐다.

그것으로 윌슨이 크나큰 절망감에 빠졌다.

포드의 증언으로 미국은 조선의 기술 없이 무기 하나도 제대로 만들 수 없는 나라가 되어 있었다.

때문에 다른 나라를 압도할 수는 있어도 절대 조선을 압도할 수 없었다.

그 사실을 깨닫고 다른 선택지를 택할 수밖에 없었다.

성한이 사는 빌딩으로 검은 차 한 대가 도착했다.

그리고 하루가 지난 뒤 윌슨은 역사를 송두리째 바꿔버린 주인공과 얼굴을 마주했다.

그의 앞에 성한이 있었다.

"이름이 뭐요?"

"해리 존스입니다."

"그 이름 말고 고려에서 부르는 이름."

"성한 유, 유성한이라고 합니다."

"내가 당신을 부른 이유를 알고 있소?"

"알고 있습니다. 이렇게 각하를 뵙기를 학수고대하고 있었습니다."

새로운 미래가 펼쳐지고 있었다.

그 미래로 나아가기 위해서 여태 본 적 없는 길을 걸어야 했다.

성한이 그 길의 인도자가 되려 했다.

〈다음 권에 계속〉